「楸さ……っ、あっあ……っこれ、覚えちゃい、そう」
「ッ、何を……だ？」
「楸さんの、かたち……うれしい……
うれしくて……もいっかい、きちゃ、う」

旦那様はコワモテ警察官
綾坂警視正が奥さまの前でだけ可愛くなる件

斉河 燈

Illustrator
DUO BRAND.

ジュエル文庫

目次

CONTENTS

Dannasamawa kowamote keisatsukan

※本作品の内容はすべてフィクションです。
実在の人物・団体・事件などには一切関係ありません。

プロローグ

喫茶店なら、行き慣れたチェーン店を。

服を買うなら、モノトーン。流行《はや》り廃《すた》りのない、定番デザインがベスト。

職場では報告連絡相談がモットーで、案件の大小にかかわらず着実にやり遂げる。

とにかく思い切らない。冒険をしない。ここ数年はそれだけが物事の判断基準だった。

乙瀬《おとせ》こよりには『堅実』という、呪いがかかっているのだ。


「そんなこーちゃんにね、私、耳寄りな情報を持ってきたんだから!」

母方の叔母アケミが乙瀬家を訪ねてきたのは、新年度が始まった四月一日のことだ。

ご丁寧に表紙のついた台紙を差し出され、こよりは座卓の反対側でかちんと固まる。

「国家公務員、省庁勤め、中間管理職の三十二歳よ。趣味はマラソン、賭け事はしないし浪費癖もなし。どう？　文句のつけどころのない堅実ぶりでしょう」

「その……これって、もしかして」

「そうよ。お見合いよ、お見合い」

一体全体、何がどうしてそんな話が持ち上がったのか。

こよりはまだ二十五だし、結婚に焦りはない。お嬢さま育ちでもなければ、跡継ぎをもうけるのが急務というわけでもなく、ともに公務員の両親は健康そのもの。

いい人はいないのかと、両親からせっつかれたこともない。

「ちょ、ちょっと待ってください、叔母さま」

こよりはおおいに焦った。

「わたし、結婚なんて、まだ……」

「そう言わずに。うふふ、彼ね、韓流スターも真っ青のいい男なのよ。写真見て？」

「いえ、それこそわたしにはもったいないです。誰か、別の方にお譲りしましょうよ」

写真の台紙を開かないまま返そうとしたら、反対の縁を掌《てのひら》で押し返された。

「何を言うの。こーちゃんは経済観念もしっかりしてるし、お料理も上手だし、小さくてお人形さんみたいに可愛《かわい》らしいし。生まれてこのかた彼氏のひとりもいないなんてもったいないわ」

「な、何故《なぜ》それを」

「叔母さんはすべてお見通しなのよ。ほら、イケメンよ？　見たくなってこない？」

「くっ……。な、なりませんっ」

誘惑に負けるわけにはいかなかった。出会いは欲しいが、お見合いだけはだめだ。そう決めている。せっかくの良縁を棒に振るのは申し訳ないが、それでもだ。

なにしろ、見合いは『堅実』すぎる。

「あらあら、なんの話？」

やってきたのは、こよりの母だ。

その手に持った盆の上で、湯飲みがほわほわと呑気《のんき》な湯気を上げている。山盛りにされたお茶菓子からは歓迎の様子が伝わってきて、こよりはますます気まずい。

アケミと母は、親戚中でも評判の仲良し姉妹だ。

母は、アケミの申し出を無下にしないだろう。つまり二対一だ。このままでは、戦況の悪化は避けられない。だからと言って二階に逃亡するわけにもいかないし……と、考え始めたときには、母の視線はこよりとアケミの間で押し付け合いになっている写真台紙に落ちていた。

「それ、こよりに？　まさか、お見合い？」

「ええ、そうなのよ姉さん！」

アケミの日は途端に絹るようになる。

「もちろん無理にとは言わないわ。でもね、私が聞いた中では今世紀最大の良縁なのよ。先方さんは初婚でね、本当に真面目な好青年なの。しかも国家公務員。国家公務員よ。重要だからもう一回言っちゃう。国家公務員！」

そこからアケミはふんわりした口調で、怒濤《どとう》のように喋《しゃべ》り続けた。先方さんの親戚がパート先の同僚だとか、見合い相手の名前が古風で美しいのだとか。

こよりは何度も割り込もうとしたが、できなかった。ちょっと口を開くだけで、アケミがやんわりと先を遮ってしまうのだ。強気の人を黙らせるほど、こよりも気は強くない。

写真の台紙は母が受け取って開き「まあ」と歓声とともにこよりにも差し出されたが、あえて見なかった。見たら完全に敗北が決まってしまう気がして……ささやかな抵抗だ。

「じゃ、決まりね、こーちゃん」

三十分後、話は決まった。

こういうのは早い方がいいわ、今ならまだ売り手市場よ、という叔母の言葉に、それはそうねと母が納得し、その場で先方との日時の相談まで済んだ。

父はゴルフの打ちっ放しから戻り、上機嫌の叔母と廊下ですれちがっただけ。何が起こったのかすら、わからなかっただろう。
（そんな馬鹿な……）
自室へ戻り、こよりはがっくりとうなだれた。
お見合いが決まってしまった。絶対にするまいと思っていたのに。
結局、渡された写真の台紙を机に置いて、部屋の中をうろうろと歩きまわる。
「絶対に断らなくちゃ。破談にしなくちゃ……っ」
周囲からのお膳立てありきの結婚など、絶対にしてはならない。
というのも、こよりは『堅実』な自分をやめたい。
そろそろ自由になりたいのだ。
七年前にかけられた、初恋の呪いから。
「本当にお食事だけですよ？」
やがて迎えた決戦の日——。
料亭の廊下を歩きながら、こよりは懸命に叔母に訴えた。
「相手の方がどんなにいい方でも、わたし、断っちゃいますよ。断りますからねっ」
帯が食い込んで、胃がしくしくする。
白を基調とした水色の古典柄の友禅は、叔母の若い頃の愛用品らしい。振袖なんていかにも張り切ってやってきたようだから、避けたかったのに……着慣れたグレーのワンピースで充分だったのに、料亭の入口でアケミに摑《つか》まって着つけられてしまった。

慣れない足さばきで、今にも転げそうだ。

「やあねえ、こーちゃん」

しかしアケミは上機嫌のまま、面倒見のよさそうな笑みで言う。

「堅苦しく考えなくていいのよ。これはね、出会いの場なの。言ってみれば、上品な合コンみたいなものよ。おのおの、ご両親が同席するだけでね」

どこの世界に、両親が同席する合コンがあるというのか。

「それに絶対に気にいると思うの。彼、こーちゃんと同じく堅実で実直な性格なんだから」

「な、なおさらお受けできません……っ」

「あらあら。会う前から決めつけたらだめよ」

「決めつけとかじゃなくて、あの、本当に無理なんです。わたし、わたし」

これ以上、堅実になりたくない。

こよりが懸命に食い下がっても、叔母はもはや「はいはい」と受け流すだけ。

もっとしっかり拒絶しなければ。でないと、今回の相手にNGを出したとしても、また別の縁談を持って来られかねない。歩きながら必死に考えて、そうだ、と思いついた。

「わたし、好きな人がいるんです。だからほかの人との結婚なんて考えられないんですっ！」

これ以上の言い分はない。叔母だって、引き下がらざるを得ないはず。

そう思ったのに、叔母は振り返りもしないどころか「ふふっ」と笑った。

やけっぱちの嘘《うそ》を見抜いて、あえて見守るような笑い方だった。

（うう、悔しい……っ。恋してるって嘘に、少しの信憑性《しんぴょう》も持たせられない自分がくやしい！）

こんなことなら、恋のひとつでもしておくのだった。あの、失恋のあと。

告白はしないまでも、想《おも》うくらいならできたはずだ。

なにせ、あれから七年も経《た》っているのだから。

別の人に、どうして目を向けられなかったのだろう。『堅実』を本当にやめたいのなら、死ぬ気で相手を探せばよかったのに、どうして行動できなかった？

いっそ泣きたいこよりの目には、料亭の最奥に佇《たたず》む離れが見えてくる。

「お待たせいたしました」

障子の前で膝をつき、仲居が室内に声をかける。

返事が聞こえると、障子が勿体《もったい》ぶった様子ですこしずつ開けられた。

「遅くなってごめんなさいね。直前になって、私がどうしても、こーちゃんに若い頃の着物を着せたいなんて言い出してしまったから。でもほら、似合うでしょう」

自慢げなアケミに続いて、こよりは小さくなって座敷《ざしき》に上がる。下げていた顔を上げ、部屋全体を視界に収め……直後、飛び上がった。

（えっ）

湯飲み茶わんが並ぶ、ぴかぴかの座卓の天板の向こう。

背すじをぴしりと伸ばし、彼はまるで武道の試合前のごとく正座をしていた。

やや切れ長の眼光鋭い瞳に、凛々《りり》しい眉。引き締まった輪郭に、歪《ゆが》みない鼻すじ。きちっと整えられた黒髪は、カラスの濡羽《ぬれは》のようで……。

とくに見事なのは、体つきだ。広い肩幅とどっしりした首は安心感を与えるが、肩や二の腕のあたりは、単にたくましい、というだけでは終わらない。いかにも「詰まっている」感じがして、そのすべてにこよりは覚えがあった。

「こより、早くこちらに来てご挨拶なさい」

「あ、は、はいっ」

父に急《せ》かされて慌てて頭を下げながら、何故、と呟《つぶや》いてしまいそうになる。

何故、彼がここにいるの。

高校三年生のとき、初めて恋した相手。

そしてこよりを、こっぴどく振った人。

座卓の向かいにいるということは、彼こそがこよりのお見合い相手なのだろうが——。

（ありえない。わたしとのお見合いを、この人が進んで引き受けるなんて）

彼もまた叔母《アケミ》の勢いに押されて、仕方なくこの場にいるのだろうか。いや、そうとしか思えなかった。何故なら彼はこよりに言った。成長しても女性としては見られない、と。

未来永劫《えいごう》、恋にはならない、とも。

お見合い写真を確認しなかった己を、今さらながら恨む。後悔しても、もう遅い。

「綾坂楸《あやさかひさぎ》と申します」

初めまして、と彼は言う。

最初に会ったとき、こよりが目を惹《ひ》かれた薄く形のいい唇で。

あえて初対面を装っているのか、本当に気づいていないのか。鉄壁の無表情からその考えはうかがえず、こよりは震えそうになる手を膝の上でそっと握り合わせた。

1　ひったくりと警察官

二年とすこし在籍した吹奏楽部の活動は、コンクールの敗北で幕を閉じた。

悔しさは、さほどなかった。

実績のある部でもなければ、部活動に熱心な校風でもなく、メインは大学受験という進学校だったから、こよりのみならず友人たちも皆、さっぱりしたものだった。

「こよりん、今日これからウチに泊まりにこない？」

夏休みも後半に差し掛かった頃、友人の春日《はるひ》がそう言った。

時刻は午後六時。揃《そろ》って夏期講習に通っていた塾の、帰りがけのことだ。

「合宿しようよ、受験勉強合宿。こよりんのほかにもふたり、誘ってあるんだ」

「うん、行く！　お邪魔していいの？」

「もちろん。こよりんこそ、親の許可は大丈夫？　って、聞くまでもないか」

「うん。いつも通り、お母さんに電話一本しとけば平気。だって、はるちゃんちだし」

こよりと春日……高丘《たかおか》春日は幼馴染《おさななじみ》で、保育園から高校まで一緒という腐れ縁だ。顔立ちがはっきりしている春日は、高校に入ってから思い切りのいいベリーショートにし、ボーイッシュな方向で垢抜《あかぬ》けたが、こよりは幼げな和顔を誤魔化すためのロングヘアを小学生の頃から変えられないまま。

つまり呪われる前から、すでに堅実さの芽は出ていたのだった。

「ねえ、はるちゃん、模試の結果どうだった？　わたし、C判定。微妙……」

「まだ八月じゃゃん。充分だよ、Cなら」

「充分じゃないよ！　せめて冬までに、一度は合格確実だって確信したいよ。あ、夕飯！ご馳走《ちそう》になるのも悪いから、わたし、買っていくね」

「おう」

夕焼けが眩《まぶ》しい駅前の雑踏を、連れ立って歩き出す。

冬場ならすでに真っ暗だろうが、蒸し暑さもそのままに昼間がまだ居座っていた。一日中、冷房の効いた部屋で机に向かい続けていた体が、思い出したように汗を滲《にじ》ませる。

「そういえばこよりん、来月誕生日だよな」

「あ、うん。ねえ、今年も恒例のやつ、やる？　受験勉強の息抜きにっ」

恒例の、というのは互いの誕生日にテーマパークへ行くことだ。それも、お揃いの制服で。学生服はいい。高校生にとっては最高の、そして絶対に外さないオシャレでもある。

当然賛成されるものとこよりは思ったが、ポンと小さなものを手渡された。

「ごめんっ。今年の誕プレはこれで許して」

アクリル製のキーホルダー。

黒い板の中央に、白抜きで洒落《しゃれ》たロゴが記されている――メンズブランドの。

さらに、そのロゴの下には、肉眼で読めるか読めないか、蟻《あり》の尻餅くらいの文字で『men's buckle 八月号』とも書かれている。男性向けのファッション誌の名前だ。

「八月号」

「そう。兄貴が読んでる雑誌の付録……、ほら、私、将来ヴィンテージデニムの店やりたいって話、前にしたじゃん。参考になりそうな店、片っ端から回るのに交通費がかさんでさ。ごめん、今、こよりんにあげられそうなもの、これくらいしかないんだ」

正直、ショックだった。制服でテーマパークに行けるチャンスは、今回が最後になるだろうから。次の春日の誕生日は卒業後だし、遠方の大学志望の春日とはそもそも、会えるかどうか。

そんな、と言いかけて、やめる。

「そっか。わかった。じゃあ、ありがたくこれ、いただくね。はるちゃん、ショップ経営が夢だってずっと言ってたもんね。具体的な夢があるなんて、すごいよ。応援する」

「うう、こよりんマジでいいやつだよな……！」

すまなそうにする春日を、こよりは本気ですごい、と思う。

もう夢があるなんて。その夢を追うための、具体的な方法をすでに知っているなんて。

こよりの父は高校教師、母は市役所職員だ。堅実な家庭に育ったこよりは、わくわくするような未来を欲しながらも、安定した道から逸《そ》れる想像など簡単にはできなかった。

（いいなあ、はるちゃんは。わたしも、夢中になって頑張れる目標があったらな）

ぼんやりしたまま、銀行のＡＴＭで二千円ほど現金を引き出す。

そして、向かいの弁当屋に寄ろうとしたときだ。

「きゃ！」

左肩に強い衝撃が走る。前からではなく、後ろからだ。

思わずつんのめる。こらえようとしたができず、前のめりに転げた。「こよりん！」春日が助け起こそうとしてくれたが、応えるどころか痛いと思う暇もなかった。

というのも、鞄《かばん》の肩紐《かたひも》が、強い力で引っ張られたからだ。

「えっ、やっ……！」

奪われる。咄嗟《とっさ》に鞄を掴み返し、抵抗したのがまずかった。右頬に、隕石《いんせき》が落ちたような衝撃。どっと、体が左に倒れこむ。

「こよりん！」

春日が泣き出しそうな声を上げて、殴られたのだとわかった。腕の中に鞄はもうない。

前方には、走り去る男の姿。追いかけなくちゃ。思うのに、体が動かない。それは春日も同様だったらしい。膝立ちでこよりを抱き締めたまま、走り去る男を見つめている。

（どうしよう。どうしよう……っ）

あの鞄には、財布もスマートフォンも教科書もノートも入っている。スマートフォンの中のデータや、ノートの書き込みも含めて、こよりにとっては全財産に等しい。

いや、あれを無くしたら受験勉強はどうなる？

「だ、誰か……」

助けて。あの男を止めて。

恐怖で叫ぶのもままならず、逃げる男を見失いかけたときだ。

フォン！　と、サイレンが短く響いた。

前方に、勢いをつけて車が割り込んでくる。ぱきっとした白と、漆のような黒。パトカーだ。

停車するや否や、助手席から男性警官が飛び降りた。紺の制服が確認できたのは一瞬で、ドアさえ閉めずに駆け出した彼は、人波に飛び込み、見えなくなる。

かと思ったら、直後、黒っぽいものが宙を舞い――。

どよめきとともに人が割れると、地べたにのされた人の背に警官が馬乗りになっていた。

「……すげ……」

茫然《ぼうぜん》と、春日が呟く。

男性警官が捕まえたのは、こよりの鞄をひったくった男だったのだ。

そこに、また別の警察官が駆け寄る。応援で駆けつけたというより、付近を警邏《けいら》していた警察官だろう。三人がかりで犯人を押さえつけたかと思えば、最初の警察官が手錠を取り出し、犯人を後ろ手にしてがちりと掛けた。

現行犯逮捕、という言葉がかすかに聞こえた気がした。

「この鞄は、きみのか?」

声を掛けられたのは、何分後だっただろう。

アスファルトにへたり込んだままでいたこよりには、わからない。

「きみ?」

もう一度問い掛けられ、はっとする。

鞄を差し出している警察官は、犯人に手錠をかけた彼だ。

体格からして体育会系の印象なのだが、顔だけ見ればあまりに爽やかだった。とくに唇は、幅広だが薄く脆《もろ》そうで、口角がかすかに上がっているところが香り立つほど甘い。

「あ、わ……わたしの鞄、です」

「怪我《けが》は？　立ち上がれるか？　ああ、ひどいな」

よろめきながらこよりが立ち上がると、警察官は眉根をぎゅっと寄せた。わあ、と春日も声を上げる。見れば両膝がすりむけ、赤い血が靴下まで垂れていた。

(怪我……気づかなかった)

遅れて、じんじんと頬が痛み出す。思わず、そこを右手で押さえる。

「顔も殴られたのか」

「……はい……」

頷《うなず》きながら、そうだ、殴られたのだ、と事実を反芻《はんすう》する。信じられない。見ず知らずの他人に突然顔を打たれる日が来るなんて、これまで想像したこともなかった。

すると、警官はしゃがみこんで「失礼」とこよりの腰に腕を伸ばした。

「抱き上げてもかまわないか」

「え、その……は、はい」

筋肉質な腕に抱き上げられ、どきりとしたものの、嫌な感じはしなかった。ジャケット

の胸もとに堂々と記された警視庁のマークが、安心していいよと言っているようだった。

「もう大丈夫だ」

穏やかな声とともに、パトカーの後部座席に腰掛けさせられる。

「すぐに救急が到着する。それまでの辛抱だ」

気遣いをありがたく感じれど、こよりの体はまだこわばったまま。春日が「平気？」と手を握ってくれても、脈の速さは変わらない。

怖かった？　驚いた？　自分の気持ちなのに、言い表せそうになかった。

そこに「あやさか警部補！」と女性警察官が駆け寄ってくる。

お見事でした、とか、移動中でしたのに、という恐縮した口ぶりから、男性警察官が単なる交番のおまわりさんではなく、立場ある人なのだと予想できた。

（あやさか……どんな漢字をあてるんだろう……）

ぼんやり考えていると、救急車のサイレンが聞こえてくる。救急隊員が駆けてくると同時に女性警官が春日を連れて行ってしまい、こよりは促されるまま救急車に乗り込んだ。

途端に、心細さがこみ上げる。

どうしてだろう。今さら、恐ろしい。

とにかく今、ひとりぼっちになりたくない。

「……っ」

「私も同行しよう」

するとと、察した様子であやさか警部補が救急車に乗り込んできた。

無言で隣に寄り添ってくれる、密度の濃い大きな体が、ありがたいほど頼もしかった。

病院では、念のためにとレントゲンにＣＴ、ＭＲＩ検査を受けた。その間、あやさか警部補がこよりの側にいてくれた。

彼は口数も少なく、無表情で何を考えているのかわからない。

それでも、姿がそこにあるだけで安心できた。

「こより！」

両親が血相を変えて駆けつけてきたのは、三十分後のことだ。

「お父さん、お母さん……」

ここで泣いたら、余計に心配を掛けてしまう。咄嗟に堪えようとしたこよりだったが、側にいたあやさか警部補に、ぽん、と背中を押された瞬間、涙がこぼれた。

ここまでよく頑張った、と言ってもらえたような気がした。

母の腕の中、嗚咽《おえつ》がこみ上げる。これほど泣いたのは、子供の頃以来だ。泣くだけ泣いたらすっきりして、検査結果を聞く頃にはすっかり落ち着いていた。

骨折も、脳の異常もなし。軽傷だ。とはいえ、医師には数日以内にムチウチの症状が出るかもしれないということと、念のためひとりにならないように、と言われた。

「後日、事情聴取させていただきます。ご負担でしょうが、どうぞ捜査にご協力ください。では、お大事に」

別れ際、あやさか警部補はご丁寧にも帽子を軽く脱いで頭を下げた。

そこまでずっと、無表情かしかめっ面だった顔が、かすかに笑ったように見えた。口角のあたりに凝縮されている優しい甘さが、清潔感と一緒にほんのりと溶け出してくる。

甘い石けんというのがあったら、きっとこんなふうだ、と思った。


それからというもの——。

こよりのもとには、たびたびあやさか警部補から電話が掛かってくるようになった。

『その後、怪我の具合はどうだ？』

内容は、毎回、こよりの体の調子を気遣うもの。

同じような電話が春日にもあるらしく、丁寧な人だ、とふたりで感激した。

しかし、てっきり事情聴取も彼が担当するのだと思っていたら、やってきたのは女性警官だった。あの日、あやさか警部補に流石《さすが》です、などと声を掛けていた人だ。

彼女いわくあやさか警部補は組織内で、いわゆる『キャリア』と呼ばれる出世頭らしく、デスクワークが主なので、本当は現場にも出ないということだった。

「すごいわよね、あやさかさん。今回は移動中だったけど、非番の日でもよく、こうやって事件を解決しちゃったりするのよ。先月は、痴漢を確保してたわ。警官の鑑《かがみ》よね」

「そうなんですか……」

デスクワークにもかかわらず鍛え上げられた体つきをしていたのは、いつ、なんどきでも犯罪者を取り押さえられるように、なのだろう。

本当に立派な人だ。

「あの、お聞きしたいんですけど」

あるとき、こよりは電話口であやさか警部補に直接尋ねた。

「どうして警察官になろうと思ったんですか？」

単なる好奇心だった。

というのも、こよりには明確な将来の目標がない。

春日は具体的な夢に向かって邁進《まいしん》しているから、内心、焦る気持ちもあった。

『市民の味方になりたかったからだ。父も、祖父も警官だった』

「えっ、すごい！　警察一家なんですね。市民の味方……あやさかさんらしいです」

もっと聞きたかったが、その日の会話はそこで終わった。

あやさか警部補は、とにかく無口だ。終始、ぶつ切りにした人参《にんじん》のような話し方で、しかし尋ねたことには真摯な答えをくれるから、そんなところが好ましかった。

次に訊《き》いたのは、名前についてだ。

「ずっと気になってたんですけど、あやさか警部補って、どういう漢字で書くんですか」

これには、ああ、と承知していたような声が返された。

『綾織《あやおり》の「綾」に、坂道の「坂」だ』

「綾織……？」

『ああ。下の名前は「ひさぎ」と言うんだが、合わせるとやけに雅《みやび》だとよく言われる』

説明し慣れているようだ。よく聞かれるのだろう。

「綾……坂さん」

声に出したら、ぱっと明るい色が舌の上に散るようだった。

すると堅そうな「警部補」までもがみずみずしく感じられて、もう一度こよりは頭の中で綾坂警部補、とその名を呼んだ。

通学路の街路樹が紅葉し始めても、綾坂警部補からの電話は途切れなかった。

彼は相変わらず言葉少なで、春日は「面白くない」と早々に応じるのをやめたようだが、こよりは電話を楽しみにしていた。日々欠かせない、安らぎの時間になっていたのだ。

『最近、調子はどうだ？』

「もちろん元気です！」

毎回即答しつつ、こよりはすこしだけ嘘をついていた。

あれ以来、雑踏に混じろうとすると、心臓がばくばくいう。

冷や汗が滲んできて、背後を異常に警戒してしまう。

誰にも話していない。両親はもとより、綾坂警部補や春日にも。

熱が出たり倒れたり、嘔吐《おうと》したりするわけでなし、耐えようと思えば耐えられるくらいの異変を、わざわざ打ち明けて深刻にしたくなかった。

あるいは、認めたくなかったのかもしれない。

まだ、事件のショックが消えていないことを。

（そうだ。受験会場の下見に行こう。現地の人混みに慣れておけばきっと、大丈夫）

しかし、そう思っても、なかなか実行には移せなかった。

怖いと思うものに、わざわざ出向いてまで立ち向かう勇気が持てなかった。もし、慣れなかったら？　体が拒否して、二度と同じ場所へ行けなくなったら？

考えすぎかもしれないが、悪い方に考えずにはいられない。

体育祭、中間テスト、模試……。

綾坂警部補と再会したのは、塾の帰り道だった。

「乙瀬さん」

いきなり背後から声を掛けられ、飛び上がる。

心臓が止まるかと思ったが、それが綾坂警部補だとわかり、一気に緊張が解けた。

「久しぶり」

「お久しぶりです！　パトロールですか？」

「いや。移動中に通りかかったら、きみが見えたから。……これを」

差し出されたのは封筒だった。飾りっ気のない、いかにも業務用という白い封筒。どきっとしたのは、もしかしたら好きだと書かれた手紙が入っているかもしれないと思ったからだ。

（わたしってば、何を考えてるの。相手は警察官だよ）

しかし、受け取ってみると不思議な厚みがある。

入っていたのは、お守《まも》りだった。

学業成就で有名な神社の合格守だ。

「ああ。その神社の近くまで行く用事があったから、ついでに」

「これ……わたしにですか……？」

「ありがとうございます。うれしいです！」

事件後、ずっと体を気遣ってくれた。それだけで充分嬉《うれ》しかったのに、受験生であることまで忘れずにいてくれた。胸が締め付けられるほど、ありがたいと思った。

（綾坂さん、完璧すぎる……）

ぎゅっとお守りを胸に抱く。体の芯が熱いのはどうしてだろう。

こんな気持ちになったのは初めてで、戸惑いに呼吸が浅くなる。

苦しい。けれど、不思議と嫌ではなかった。

この気持ちは、もしかして……と、浮かびかけた可能性を、咄嗟に沈める。こんなふうに合格を祈ってもらっておきながら、勉強以外のことに気を取られていいわけがない。

顔を上げると、彼は無表情のまま、それでも満足そうだった。

「渡せてよかった。受験、頑張れ。きみなら、お守りなんてなくても大丈夫だろうが」

言いかけて「いや」と言いなおす。

「だろう、じゃないな。きみなら、絶対に大丈夫だ」

煙のように胸を覆う不安が、さあっと吹き流されていく。

彼の言葉に、どれだけ支えられただろう。

以来、こよりは人混みに向かうとき、彼からもらったお守りを持っていった。

綾坂警部補の『大丈夫』があれば、どこにいても、なにをするにも怖くなかった。


冬も終わりが近づいて、最良の報せ《しら》を手にこよりは走った。

目指すのは、隣町の警察署だ。

受付でお願いすると、綾坂警部補はややあって二階から姿を現した。

「乙瀬さん。どうした？」

事件の日と同じ、白いワイシャツにネクタイ、紺の制服に無表情。

顔を合わせるのは事件以来三度目だが、よく見知った人のように思えた。

「綾坂さん、これっ」

興奮気味にこよりが差し出したのは、合格通知だ。第一志望の大学に、見事合格した。

へえ、とこのときばかりは彼の表情も緩んで見えた。

「おめでとう。そうか、今日が合格発表だったのか」

「はいっ。綾坂さんのおかげです」

「いや、私は何も」

「してくださいましたよ。お守りもうれしかったし、そもそも、綾坂さんが鞄を取り返してくれなかったら、わたし、予定通りに勉強が進まなかったです。だから、綾坂さんのおかげ」

こよりがえへへと笑うと、綾坂警部補はいきなり歩き出した。

（えっ、な、なに⁉）

聳《そび》えた背中は細い廊下を奥へと進み、署の裏口を出る。そして建物沿いに置かれていた自動販売機の前で止まると、ホットのミルクティーを二本買い、一本をこよりに差し出した。

「乾杯だ」

「……ありがとうございます」

ペットボトルの肩を軽く打ち合わせて乾杯し、こよりはそれをそのまま胸に抱く。

（綾坂さんに買ってもらっちゃった。記念に持って帰ろうかな。でも、ストーカーっぽい？）

どきどきしながら、すこしの間、こよりはうつむいて黙っていた。

綾坂警部補も、何も言わなかった。久しぶりの沈黙は、心地いいが緊張する。

前回はまだ、こんなに急き立てられるような気持ちにはならなかった。落ち着こうとしても、できない。彼のほうを向いている、体の正面だけがほんのりと熱い。

この幻想じみた感覚の正体に、こよりはもう気づいている。

あえて自覚しないようにしてきた。志望校に合格することが彼への恩返しと思うから、懸命に勉強に集中した。そしてもう何か月も本心に蓋をして、見て見ぬ振りをし続けた。

(だけど、限界だよ)

勝手に溢《あふ》れてしまう。

好き。大好き。事件の被害者としてではなく、ひとりの女の子として見てほしい。

「あのっ」

「うん?」

勢い込んで顔を上げると、応えた彼の口もとに、ふんわりと白い息が浮かんだ。

伝えたい。わかってほしい。

苦しいくらいの恋心が、この胸にあることを。

「好きです。わたし、綾坂さんのことが好き」

その瞬間、驚いたように見開かれた彼の瞳が、こよりの目にもしっかり見えていた。

だが、引き下がれなかった。

「付き合ってください。わたしを、綾坂警部補の恋人にしてください」

「……いや、」

「無茶なことを言っているのは、わかっています」

必死になって、彼の返答を遮る。

「わたしは未成年だし、綾坂さんは警察官だし。だから、すぐに、でなくていいです。わたしが二十歳になってから。それまで、お返事は保留にしてください。綾坂さんの好みの女性になれるよう、二年間頑張ります。だから……っ」

だから、一番近くにいさせてほしい。

振るのはすこし待ってほしい。だって、やっと心置きなく恋ができる立場になれたのだ。なにもかも、これからなのだ。そう思ったのに、

「すまない」

カラスのように真っ黒な頭は、礼儀正しく深々と下がった。

「私の行動が、きみに余計な期待をさせたなら、謝罪したい」

「期待って……、綾坂さんの所為《せい》じゃないです。わたしが勝手に好きになっただけで」

「いや、悪いのは私だ」

「謝らないでくださいっ」

綾坂警部補は完璧なヒーローで、彼に非などあるわけもない。

だが、申し訳ない、と重ねて詫《わ》びられる。

「きみとは、付き合えない」

「わ……わたしのこと、お嫌いですか」

「嫌いとか好きとかいう次元の話じゃない。私は大人で、きみは未成年だ」

「そんなのわかってます。だけどわたし、ずっと未成年でいるわけじゃないです。あと二年……」

「言い出したらきりがない。一日だって成人に達していない者は未成年だ。例外はない」

そして綾坂警部補は顔を上げ、これまでとは打って変わって流暢《りゅうちょう》に言った。

「いま、子供のなりをして目の前にいるきみを、たとえば二十歳になった瞬間に突然恋愛対象として見るような器用な真似《まね》は、私にはできない。いつか大人になることを期待して、きみの未来を縛るのであれば、それはすでに手を出していることと同義だからだ」

それは堅苦しい理屈だが、理想を追う彼の姿勢として一貫していた。

未成年に言い寄られて簡単に受け入れるようなら、警察官として正しくない。そして彼は、その正しくない道に好んで進む人でもない。

だから、好きになった。

「私はいち警官で、きみは守られるべき市民だ。我々の関係が変わる日は、未来永劫、来ない」

それは、こよりから今後努力する余地さえ、取り上げる台詞《せりふ》。

（……未来永劫……）

食い下がれるわけもなかった。綾坂警部補が言うなら、そう、なのだ。

ありがたかったのは、拒否こそすれど、彼がこよりの気持ちを否定しなかったこと。

助けられてのぼせているだけだとか、子供だからとか言わずに、きちんと振ってくれた。

そんなところも、やはり好きだと思った。

しかしそれ以来、綾坂警部補からの電話は途切れた。

大して考えもせず思い切った結果、被害者と警察官という繋《つな》がりまでもが失われた。あれほどありがたかった安心感が、二度と手に入らないものになってしまって――。

こよりは、深く深く後悔する羽目になった。

大学入学時、決めたのはひとつ。

二度と、思い切った行動はしない。とくに、爆発的な感情には支配されない。よくよく考えて、確実だとわかっているほうを選ぶ。もう二度と、後悔しないために。

こうして、こよりは堅実な性格になった。

元来真面目だったから、極めるのも簡単だった。髪色も髪型も、高校生の頃のまま。化粧は覚えたが、素顔からさほど変化ない程度にしかできなかった。

服は似合う色の、似合う形しか着ない。

冒険せず、失敗を確実に回避することだけが、こよりを安心させてくれていたのだ。

「じゃ、そろそろ若いおふたりでお散歩でもどうかしら？」

場を仕切っていた仲人のアケミがそう言うと、綾坂警部補——現在は警視正——が立ち上がる。こよりは遅れてそのあとを追ったが、庭に出てもまだ、信じられなかった。

お見合いの相手が、あのときの警察官……綾坂楸。

彼はこよりを、一度振った相手だとわかっているのだろうか。いや、わからないわけがない。七年前、あれほどこまめに連絡を寄越していた相手なのだ。

本当は断りたかったはずだ。

（過去の話なんてしたら、綾坂さんは気まずくなる……よね）

なにしろ『我々の関係が変わる日は、未来永劫、来ない』のだから。

「お勤め先は、駅前の折鶴《おりづる》百貨店だそうですね」

「は……はい。事務職なので、売り場にはいませんが」

「事務職……ああ、そうでしたか。それで……」

不自然に途切れた言葉の続きを、尋ねたかったが難しかった。

前方を行く楸は、こよりを見ない。顔だけ左、広々とした池へ向けている。

相変わらず言葉少なで、無表情だ。拒絶されているのか、無関心なのか、あるいは……。

考えているだけで時間が過ぎる。この沈黙を、心地いいと感じていた頃が懐かしい。

水面にはちらほらと、赤と白、ところにより黒。

錦鯉《にしきごい》だ、とこよりが理解したとき、楸がぴたりと立ち止まった。池の形に沿って進むのを、やめたのだ。厚い壁のような背中は、振り返らないどころか方向転換もしない。

「あ、あの」

こよりは思わず声を掛けた。

進まないのですか、と言おうとして、やめる。

急かしては、早く帰りたがっていると思われるかもしれない。そんな失礼、働けない。

「あ——綾坂さんは、警視正だと先ほどお聞きしたんですけど、すみません、わたし、警察組織には詳しくなくて……普段、どんなお仕事をなさっているんですか？」

言い終わって、酸欠で倒れそうだった。なんとか当たり障りのない話になっただろうか。

楸は、と言えば、振り返らぬままこう言う。

「生活安全部というところにおります。総務課長を務めています。主にデスクワークですが、まれに現場にも出ます。一般の方に馴染《なじ》み深い仕事といえば、防犯セミナーでしょうか」

「防犯……、ああ！」

声を上げてしまったのは、覚えがあったからだ。

折鶴百貨店では、毎年十月になると、近くの警察署から警官を呼ぶ。そして、百貨店内で犯罪が起こったと想定してのケーススタディを行っている。

たとえば強盗、痴漢、放火など。

事務職のこよりはレジュメを作成し、各店舗の店長を招集する役割を担っているのだ。

「同じような職種の方に、いつもお世話になっています。綾坂さん、今でも正義のヒーローなんですね」

「ヒーロー？」

「はい。ひったくり犯を捕まえてくださったとき、ヒーローだと思いました。それも、誰より完璧なヒーロー。防犯なんてそれこそ、綾坂さんがおっしゃるから説得力があると言うか……」

しまった。

さあっと、全身から血の気が引く。うっかり、過去の話をしてしまった。

石化することよりに、しかし楸は「そうか」とわずかに喜ばしげな声で言った。

「あの頃も今も、私を正しいものにしてくれるのは、やはりきみなんだな」

え、と情けない声が漏れる。

すると二メートルほど先にそびえる背中が、ゆっくりと振り返った。

装ったような無表情からうかがえるのは、緊張……だろうか。

「この見合いを希望したのは、私だ」

「は……」

「玉砕は覚悟の上だ。なにせ、私はかつてひどい言葉できみを遠ざけた。だが、きみはここにいる。相手が私と知りながら、見合いの席にやってきてくれた。だから、言っておこうと思う」

そして楸は半歩ほどことよりに歩み寄り、斜め上からきっぱりと宣言した。

「こちらから、断るつもりはない」

何を、なのか、尋ねるまでもなかった。

「きみさえよかったら、次も会いたい」

黒い濡羽のような髪に、光が揺れながらこぼれ落ちる——めまいがする。余裕のなさに呼吸まで自然と浅くなって、深呼吸しようとしたが、きつく締められた帯に阻まれた。

しかしこよりは、ふらつくまいと必死にこらえた。そんな様子を見せれば最後、彼が手を差し伸べずにいられる人ではないと知っているから。

今その手に触れたら、かつての想いを蘇《よみがえ》らせずにいられなくなるから。

2　結婚の決意

百貨店には、こよりの憧れが詰まっている。

由緒正しい建物にひしめきあう、奥深い伝統と一瞬の流行。

高校生の頃は、まだ敷居《しきい》が高かった。友人と気軽に立ち寄れるようになったのは、大学入学後だ。

まるで花火だ。途端に、こよりはきらきらした最先端のファッションに釘付《くぎづ》けになった。

だが、流行りものはすぐに廃れる。目新しさがこんなにも、次々に生まれるものだなんて。

それでこよりはいつも、見ているだけ。手堅い買い物とは呼べない。

手を出せないからこそ、余計に憧れた。

「失礼します。先月の売掛金を回収しに参りました」

こよりが売り場に出るのは、客足が落ち着く昼時か夕方と決めている。

各テナントを素早く回って、事務作業を済ませる。各種利用料金の回収に、必要書類の配布、また、偽の商品券やクレジットカードの情報が入れば、注意喚起をしたりもする。

「そうだ、乙瀬さん、新しいアルバイトさんの入館証を部長にお願いしたんですが……」

靴売り場のスタッフから言われて、すぐにこよりは封筒を差し出した。

「お持ちしました。どうぞ、ご確認ください」

「え、もう、ですか？　その、すみません。わたし、山崎さんのお名前を大のほうの『埼』じゃなくて立つほうの『﨑』とお伝えしてしまっていて」

「大丈夫です。作成する前に、履歴書を確認させていただいたので」

「あ、本当……。流石、乙瀬さん」

とんでもないです、と言って軽く頭を下げ、次のテナントに向かう。

褒められているようで、実は軽く引かれていることを、こよりは知っている。

諸用を思い出し、引き返すと、女性スタッフふたりと男性社員がこそこそ話していた。

――事務の乙瀬さん、いつ見ても同じよね。右肩の上、シュシュで括《くく》った髪型。あれね、長さも色も入社時からずっと同じなのよ。

――マジかよ。

――事務員の制服ってここ数年変わってないから、余計に時間が止まって見えるのよね。

――待って！　あれ、私服もなのよ！

――うそっ。

――ほんとほんと。コートは毎年同じ色の型違いだし、靴も同じメーカーの同じ色。これだと思ったら買い溜《た》めてるんじゃないかしら。気分変えたいって思わないのかしらね。

(思ってます……切実に)

身が縮む思いで、素早く後方を通り過ぎる。

こよりだってたまには髪をばっさり切ってみたいし、流行りの服も着てみたい。就職してから、何度変わろうと決意したことか。そもそも百貨店を就職先の候補にしたのは、そのためだ。

華やかな流行の発信地で働けば、変われる気がした。

そうだ。就活の頃にはすでに『堅実』をやめたかったのだ、こよりは。

しかし、配属されたのは事務だった。バックヤードで黙々とパソコンに向かい、電卓を叩《たた》いて、書類を作って。売り場に足を運ぶのは、月に数度だけ。

正直、流行り廃りとはまったく関係がない。

この状態で、堅実さを捨てられるわけがなかった。

(どうしたら呪い、解けるんだろう……)

こんなときはため息が止まらない。

それでも仕事をこなし、昼の休憩に入れたときには十四時を過ぎていた。

休憩室は事務室のひとつ上、催事場沿いのバックヤードの奥にある。社食もあるが、手弁当の人も混在するカジュアルな場で、こよりは毎月二十日のカレーデー以外は弁当を持参している。

「あ、こよりん!」

お弁当と水筒を手に席を探していると、窓辺にあるカウンター席から呼ばれる。

春日だ。

高校卒業後、大学で進路が別れたふたりだったが、偶然にも就職後、ここで再会した。といっても春日はテナントのショップスタッフであり、こよりは百貨店の社員だ。所属先が違えば、待遇や仕事内容もまるきり別業種なのだが。

「どうした? なんかこよりん、顔色悪くない?」

「……うう、はるちゃん、聞いて……」

春日の右隣の椅子に座ると、こよりはお弁当と水筒を置いて小声で語った。

昨日、お見合いがあったこと。その相手が、初恋の警察官だったこと。そして、お見合いを持ちかけてきたのが、ほかならぬその彼……綾坂楸だったということも。

「は⁉ 綾坂って、高校卒業直前に、こよりんをこっぴどく振った奴じゃんっ」

「しーっ、はるちゃん、声が大きいっ」

慌ててその口を塞ごうとすれば、春日はすまなそうに右手で拝むようなポーズをした。

黒い革ジャンに、デニムのパンツというボーイッシュな服装。春日は現在、デニムショップの店長をしながら、いずれ己の店を持つための資金とノウハウを集めている。

春日の向こうには、フリルのついた子供服ブランドのパーカーを身につけた女性がいる。背後の席には、紳士服メーカーのスーツを着こなす男性が座っている。

さながら舞台の控え室だと、こよりはいつも思う。

「や、それにしても、こよりんがお見合いってだけで驚くのに、相手が綾坂……」

春日の箸は、きつねうどんの油揚げの上ですっかり止まっている。

「よりによって、呪いの根源と見合いかよ。数奇《すうき》すぎんだろ」

そうだ。

こよりの堅実ぶりを最初に『呪い』と言ったのは、春日だった。

就職後、百貨店内でばったり会ったとき。

お互い、同じ建物内で仕事をしていることは知っていたが、顔を合わせたのは六月になって初めてで、やっとだったから、こよりは飛び上がって駆け寄り、抱き合って喜ぼうとした。

『……こよりん、大学に入学した直後と全然変わってないじゃん……』

しかし春日は、愕然《がくぜん》とした。

『髪型も、髪の長さも、黒のカーディガンも、ていうか、それって、私がやったやつ？』

示されたのは、鞄につけていたキーホルダーだ。

高校三年生の誕生日プレゼントに、春日からもらったメンズ雑誌の付録。

鞄を買い替えてもこれだけは付け直して、使い続けてきたのだった。

『うん……。はるちゃんは変わったね。髪の色、明るくてとってもきれい。似合うよ』

『褒めてる場合か！　それってまさか、綾坂警部補に失恋した影響？　だよね。フラれたあと、大泣きしながらもう冒険はしないって誓ってたもんな。けど、四年経った今もまだそのままとか……いや、かえって極めちゃってるし、もはやそれ、呪いじゃん‼』

大学時代ならまだ、これから変わるから、と笑えただろう。

だが就職してなお、高校生の頃から変わらないもの選びをしている自分に、さしものこよりも焦りを覚えつつあった。堅実と言えば聞こえはいいが、これでは成長していないも同然だ。

そして、抜け出す方法がわからない。

確かに呪いだ。納得した。

「ってかさ、一個確認してもいい？」

きつねうどんに手をつけないまま、春日は言う。

「確認？　なにを？」

「綾坂警部補、こよりんに言ったよね。未来永劫関係は変わらないとかって。あの話はどうなったの？　なんでその人がいきなり、お見合いを持ちかけてくるわけ？」

「それが……まったくわからないから、混乱してるのよ」

お弁当の包みを開きもせず、こよりはテーブルに両肘をつき頭を抱える。

「しかも、次のデート、土曜日……」

「デートって、まさかそのお見合い、順調に進んでるってこと？」

「……一般的にはそうなんだと思う」

警視庁で相応の地位にいる楸の父と、高校で教鞭《きょうべん》を執るこよりの父は、公務員同士、真面目な性格で意気投合した。母親同士も打ち解け、もはや家族は文句なしという状況だ。

これを順調と呼ばずしてなんと呼ぶのか。

ただし、こよりの気持ちは追いついていない。

「ねえはるちゃん、わたし、どうすればいい？　綾坂さん、自分からは断るつもりはないって。それってつまり、わたしと結婚してもいいってことだよね？　どうして突然、考えを変えたのかな。いっそズバッと、尋ねてもいいことかな」

そこでようやく、休んでいた春日の箸が動いた。

油揚げが真ん中から、まっぷたつに割かれる。

「いいに決まってるじゃん。だって、筋が通ってないよ。大人になっても恋愛関係に発展しないっていうようなことを、言ったのはあっちだよ？　それなのに、実際、成長したら言い寄ってくるとかさぁ。私がこよりんの立場ならキレてるわ、とっくに」

「……言い寄られてるわけじゃないよ。何かのっぴきならない事情があるんだと思う」

「あのねえ、もっと怒りなよ。憤っていいんだよ、こよりんは。もしかしたらコレ、お見合いっていうシステムを利用した、断りにくいナンパかもしれないじゃんっ」

「まさか！　ナンパなんて軽々しいこと、綾坂さんはしないわ」

「ああもうっ。なんで未《いま》だにあいつを神聖視したままなのよ！」

春日は苛立《いらだ》ち、もどかしげに言った。

「警察官だって普通の男なんだよ。女に言い寄ることもあれば、一度振ったくせにやっぱり惜しくなることだってあるに決まってるんだからね。いい？　頭の中だけは早急に、高校時代から切り替えろ。ちゃんと最新版にアップデートしなよ！　わかったたっ!?」

そして、半割りにした油揚げにかぶりついた。

綾坂さんに限って、とこよりは言いたかったが呑《の》み込んで、わかった、と頷いた。春日がこんなふうに言うのは、ほかならぬこよりのためだ。長年の付き合いだから、よくわかっている。

七年前に失恋したときも、同様に寄り添ってくれた。

思い出したらありがたくて、もしも春日が困ったときは絶対に力になろうと思った。

＊＊＊

綾坂湫の朝はランニングに始まる。

平日ならば庁舎に入る前、有志で集まり柔道をこなすところまでが、一日の準備運動だ。休日ならばプールとジムをはしごし、さらに自転車を漕《こ》いで隣県に赴いたりもするのだが、この日はランニングのあと、すぐに帰宅した。

「兄貴、今日デートだって⁉」

玄関に入るなり、明るい声に迎えられる。

長めの前髪をヘアクリップで頭上に留めたヘアスタイルに、アイドル並みの甘い顔立ち、そして湫に負けず劣らず筋肉質な体つき。

警官らしからぬこの青年が、楸の三歳年下の弟、柏《かしわ》だ。

「相手っ、この間、お見合いしたって子だろ！」

「……ああ」

「なああ、どんな子？　美人？　巨乳？　清楚《せいそ》系？　黒ギャル？　教えてよ、気になるよ。だって兄貴、お見合いといえば全部初回で終わってたじゃん。顔はいいけど無口すぎるとか、堅すぎて怖いとか言われてさ。二度も会うの、初めてだろっ」

「ああ」

「ああ、じゃないよ！　兄貴、俺との会話で『あ』以外の発音したことなくない⁉　取り調べのときだって、兄貴ほど口をきかない被疑者はそうそういないんですけど⁉」

柏はむくれたが、楸が無口なのは今に始まったことではない。

楸が誕生して三十二年、弟の柏が生まれるまでの三年は、綾坂家は静かだった。

三歳になってもほとんど言葉を発しない楸を、母はたいそう心配したらしい。が、その際、警官である父が『骨のある男じゃないか』と絶賛したことは、親戚中で有名な話だ。

父は長男である楸に期待していたのだろう。

父の父も警察官で、父の弟二人も警察官、さらにその結婚相手も警察官で――。

地方ほどご近所付き合いのない都内においても、綾坂家はひときわ知られる存在だった。

『聞いてよ、ひーくん！　あの子、わたしのペンを勝手に使ったんだよ。タイホしてっ』

トラブル処理係として頼られるようになったのは、小学校高学年……いや、低学年の頃だったか。いざこざが起こるたびにクラス全員に振り返られ、厳正な対処を求められた。

抵抗感はなかった。億劫《おっくう》でもなかった。

頼られるのは悪い気がしなかったし、楸の中には警官の息子としての信念があった。

すなわち『正しさを貫き、傷ついた者には寄り添う』という。

そうしていずれ街の交番にいるような、近所の頼れるお巡りさんになりたかった。

青かった、と今は思う。

「つうかさ、兄貴」

兄の沈黙を埋めるために生まれてきたような弟は、愉快げに言う。

「そのお見合い相手、兄貴のほうから探してきたって小耳に挟んだけどマジ？　兄貴が初めて『この子なら』って言い出したから、母さんが大急ぎでその子のことを捜したとか」

「ああ」

「ほ、本当に本当なわけ!?　うそだろ……、じゃあ兄貴、その子のこと、もともと好きだったってこと？　だとしたら、なんで告白じゃなくて見合いなの？　なあなあなあっ」

まだ尋ね足りない様子の柏を置いて、楸はバスルームに入った。

なおやかましい扉の外の声を、シャワーの勢いでかき消す。

(……なんで、か)

思い出すのは見合いの日、無口な楸にそっと寄り添って池を眺めていたこよりの姿。見合いといえば、大概あの瞬間、申し訳なくなる。皆、楸の沈黙に嫌気がさしているのがわかるからだ。だからといって気軽に振れる話題もなく……要するに、相手に興味がなかった。

だが今回は──。

見惚《みと》れて、言葉にならなかった。

『初めまして』と思わず言ってしまったのも、本当に初めて顔を合わせる気分だったからだ。

きっちり結わえた髪も、清楚な振袖もよく似合って、七年前、学生服に身を包んでいた彼女の姿を、すっかり思い出せなくなった。

といっても、あの告白は今でも楸の胸に棘《とげ》のように刺さっている。

『好きです。わたし、綾坂さんのことが好き』

期待させるような態度をとってしまった自分が情けなく、二度と会うまいと決めていた。

(きみは知るよしもないだろうな。俺がいつ、何故、きみに惹かれたのか……)

キュ、とシャワーの蛇口を閉めて、バスルームの扉を開く。

脱衣所にはまだ、柏がいた。

「組織犯罪対策課、綾坂巡査部長の張り込み能力を舐《な》めてもらっちゃ困るよ、綾坂警視正」

「……張り込み？」

「あーっ、それは張り込みじゃなくてストーカーだろって目で見るなよっ」

別にそんな目で見たつもりは楸にはないのだが、別に否定するまでもないだろう。

無言で弟に背を向け、二階への階段をのぼる。

「なあなあ兄貴、なんでその子のこと、好きになったの？」

しかし、柏はしつこく二階までついてきた。

女っ気のなかった兄の初めての恋路を、新たな娯楽と勘違いしているらしい。

「顔？　体形？　服のセンス？　身近な女の子っていうと、警察内部の人間？　柔道何段？」

「いや」

「いや、だけじゃわかんないって。ちょっとでいいから教えてよぉ、お兄ちゃぁん」

「……普通だ」

「四文字！　しかも普通って、それ、彼女の手料理に対する感想なら絶対に言っちゃいけない言葉だからね⁉　小学生男児に『今日学校どうだった？』って聞いたわけじゃないからねっ」

柏の小煩《こうるさ》いブーイングを聞きながら、楸はクロゼットからスーツを取り出した。先日、お見合いの席で着ていたスーツとは別のスーツだ。彼女をいい加減には考えていないという意味でも、礼儀を欠かない服装が適しているように思えた。

しかし柏は焦ったように、兄の着替えの手を止める。

「ちょちょ、ちょっと待ってよ。兄貴、二度目のデートで、もう結婚申し込むわけ？」

「いや」

「だったらスーツは硬すぎだって！　あっちがカジュアルな服を来てきたら、恥をかかせちゃうだろ。っていうかその前に、今日の行き先って決まってる？　それ、相手に伝えた？」

「……一応。映画と食事だ」

「映画かあ。いいじゃん。無口な兄貴には、賢明な判断だね。で、それってつまり、絶対に失敗できないって思ってるってわけだ。その子のこと、それだけ本気なんだ？」

声には出さなかったが、そのとおりだ、と楸は胸の内で言い返す。

本気も本気、楸はこよりに恋をしている。

好きだと確信したのは、再会後。見合いが決まり、彼女の名前を知ってからだ。

「よし。じゃあ兄貴、スーツはしまっちゃって。映画館で過ごしやすく、かつ浮かない服、俺が選んでやるよ。うーん、爽やかに白デニムと、上はきれいな色のニットがいいかな」

いそいそとクロゼットを漁《あさ》る柏は、職務中よりずっといきいきしている。

弟というより、世話好きの女房といったふうだ。下手に反論しても余計に煩《うるさ》くなるだけなので、黙っていた。

「はい、完成。オニーチャン、笑って笑って。女の子を口説くなら笑顔だよ、笑顔。リラックス」

「……」

「うわ、こわっ。兄貴、それじゃ大魔王だよ。闇の魔法使いだよ。普通に笑えないの⁉」

笑えないわけではない。そう思って楸は再び口角を上げたが、余計に怖いと柏は怯《おび》える。

(笑顔……)

前回笑ったのは、いつだったか。そもそも最近、可笑《おか》しい出来事があっただろうか。いや、思い出す限り、そんな事態はしばらくなかった。笑えず、不便だとも思わなかった。

仏頂面では、怖がらせるだろうか。考えて、頭を振る。

へらへら笑っているほうがおかしいだろう。七年前、楸はこよりを手酷《てひど》く振った。にもかかわらず、楸のほうから見合いを言い出したのだ。

見せるべきは笑顔ではなく、誠実さだ。

出発前に精神を統一しようと、部屋のドア枠で懸垂を始めたら、慌てて止められた。

「服！　出発前に破れたらどうすんの⁉」

「……脱ぐ」

「わーっ。本気で運動したら、汗だくになってシャワーからやり直しになるだろ！　ほら、下に行ってイチゴミルクでも飲もう。それでじっとしてなよ、兄貴っ」

「イチゴミルク……」

「そう。甘いの好きだろ、兄貴。飲むだろ？」

「もらう」

「よし」

＊＊＊

日曜日、楸とのデートに、こよりはグレーのニットと黒のパンツを選んだ。

失礼にならないよう、質のいいものを選んだつもりだが、出がけに「もっと可愛い服はないの？　花柄とか」と、母は不満げだった。

今日のために華やかな服を新調することを、こよりだって考えなかったわけではない。しかし、楸の考えが読めない以上、思い切った行動はしたくなかった。

せっかく買っても、今回しか着ないようでは無駄になる。その服も、代金も。

「――あの」

こよりが口火を切ったのは、映画館を出てから。

イタリアンレストランに入り、オーダーを聞き終えたウエイターが去った直後だった。

「ひとつ、お聞きしても……よろしいでしょうか」

「ああ。なんでも言ってくれ」

向かいの席にいる楸は、胸板の厚さが際立つブルーのハイゲージニット姿だ。シンプルな服装だが、スポットライトを当てたように目立つ。整った顔と、見事に引き締まった体つきのおかげだ。映画館に入るときも、周囲の人がちらちらと楸を盗み見るほどだった。

今も、斜め後ろの席の男性が、羨ましそうな視線を楸の背中に送っている。

気にしないようにして、口を開き直す。

「何度考えても、わからないんです。何故、綾坂さんがわたしとお見合いをしようと思われたのか。何か、特別な理由でもあるんですか。事情があるなら、打ち明けていただけませんか」

本当は、待ち合わせ場所で顔を合わせた瞬間に尋ねたかった。

楸の真意を。

春日は、楸に恋愛感情があるのではないかというような捉え方をしていたが、こよりにはそうは思えない。生真面目な楸が、簡単に前言を覆してこよりに恋をするはずがない。

何か、考えがあるはずだ。

しかし尋ねようにもすぐに映画館に入ってしまい、鑑賞中は無言。そしてレストランに移動する間はその背を追うだけで精いっぱいだったため、やっと今、口を開けた状態だった。

「……先日、話した通りだ」

楸は、四角いテーブルの向かいから、静かな声で言った。

「この縁談を望んだのは私で、私の方から断るつもりはない」

「そ、そこまでは承知しています。わたしが知りたいのは、どうしてなのか、ってことです。どうして綾坂さんがわたしとの縁談を望むんですか？　だって」

だって。

改めて覚悟を決めて、言葉を繋ぐ。

「綾坂さん、七年前におっしゃいましたよね。わたしとの関係は……未来永劫変わらないって」

楸の表情は無のままだ。

何を考えているのだろう。全く予想がつかないから、緊張する。尋ねてはいけないことだったただろうか。七年前の話を引き合いに出すのは、やめたほうがよかっただろうか。

すると楸は、すっと背すじを伸ばした。椅子に深く座り直し、深々と頭を下げる。

「すまない」

「えっ、あの、やめてください！」

こよりは焦った。責めたかったわけじゃない。

「頭を上げてください。謝ってほしくて、過去の話をしたんじゃないです。どうして考えを変えられたのかを、わたしは知りたいんです。もしかして、困っていらっしゃったりしますか」

「困る？」

「だって綾坂さんほどの人なら、他にいくらでもお相手を見つけられるはずでしょう。わざわざ七年前に振った相手とお見合いするなんて、よほどのことがない限りありえないです。話してください。もしわたしで力になれることなら、七年前の恩返しも兼ねて……」

語尾まで言い切れなかったのは、楸が目を丸くしていたからだ。それまでずっと仏頂面だったのに、ひどく驚いた……いや、唖然《あぜん》としているようにも見える。

「力になりたかったのは、こちらだったんだが……」

「えっ？」

「いや、こっちの話だ。親切な申し出、ありがたく思う。だが私は一切困っていないし、何か事情があってきみとの結婚を考えたわけじゃない。きみに再会して、考えが変わっただけだ」

再会――先日のお見合いのことだろうか。いや、あのときすでに楸はこよりとの結婚を決めているようだった。それより先に、再会していた？　だが、記憶にない。

聞き返そうとすると、ドリンクが運ばれてくる。

楸の前にキャラメルラテ、こよりにホットのレモンティーが置かれる。

ウエイターが去ると、楸は「きみは知らないだろう」とすこし寂しげな声で言った。

「私が、一方的にきみを見掛けただけだ。折鶴百貨店の、防犯セミナーの日だった」

ティーカップに伸ばそうとしていた手が、思わず止まった。

「セミナー……いらしてたんですか？　綾坂さんがあの場に？」

「ああ。担当の者に誘われて、視察に行った。といっても、付き添い程度だったが」

まったく記憶にない。前回、楸は防犯に関わる部署にいると言っていたが、署が違うはずだ。こよりが呼んだのは近所の警察署の署員で、楸は確か、本庁に勤めている。

（綾坂さんもあの会場にいた？　気づかなかった……）

しかし無理もなかった。

こよりは今年、いっぱいいっぱいだったのだ。

痴漢に襲われる役を、演じることになっていたから。

実は、こよりは今でも、ひったくり事件を思い起こさせる事態が苦手だ。

普段はほとんど気にならないし、人混みも克服したが、たとえば背後でいきなり音がしたりすると、足が竦《すく》む。

本当は断りたかったのだが、持ち回りで、今年は乙瀬さんね、と任されてしまっては嫌とは言えなかった。倒れそうになりながら、お守りをポケットに入れて本番に挑んだのだ。

かつて『綾坂警部補』からもらった合格守。

あれさえあれば、落ち着ける。

つまり七年経った今でも、こよりにとって『綾坂警部補』は一番の心の拠《よ》り所《どころ》なのだ。

「それで、わたしを見かけただけで、どうしてお見合いしようなんて思われたんですか」

楸はやはり、テーブルの天板を見つめて無言になる。

続く言葉を探しているというより、そうして本音を呑み込んでいるかのようだった。

ややあって、ふうっと息を吐く。

「これ以上は、言えない」

「はい……？」

「身勝手ですまない。だがかつてきみの告白を無下にしながら、私の心情を理解してもらおうなどとはおこがましい。今はまだ、これ以上打ち明けてはならないと思っている」

「そ、そんな、余計に気になります」

「ならば、忘れてしまってかまわない」

「待ってください。それじゃ、綾坂さんが何を考えているのかわからないです」

「わからなくていい。きみは私の気持ちなど一切考慮せず、自分の考えだけで結論を出していい。だが私も、簡単に諦めるつもりはない。まずは、私の人となりを知ってもらうところから、始めさせてもらおうと思う」

熱意のこもった言葉は、さながら愛の告白だ。

（ううん、それだけはありえない）

爆発しそうな心臓を押さえ、こよりは懸命に理性にしがみついた。

あの『綾坂警部補』が、こよりに恋などするはずがない。七年前、大人になっても恋愛対象としては見られない、と言っていた。だから、二十歳になるまで粘ることも許されなかった。

それなのに、今になって好かれるなんて……天地がひっくり返っても、ない。

勘違いだ。自惚《うぬぼ》れてはいけない。

しかし、まっすぐに見つめてくる瞳からは、ひたむきな情熱を感じる。

見つめ返していられなくなって俯《うつむ》くと、紅茶に浮いたレモンが、湯気で一瞬ぼやけた。

(綾坂さんの考えは、やっぱりわからない。でも、わたしとの結婚を望んでる……)

七年前のこよりが今の状況を知ったら、どんなに喜ぶだろう。

だが今は混乱するばかりで、嬉しいのか嬉しくないのかすら、わからなかった。

二の句の続かないこよりの前で、楸はキャラメルラテに口をつける。それからかすかに眉をしかめ、スティックシュガーを一本、クリームの隙間からさらりと加えた。

カップをかき混ぜるスプーンは、楸が持つとやけに小さく、ままごとの道具みたいだ。

そのときだった。ガシャン！　と背後で鋭い破裂音が上がったのは。

こよりは肩をすくめ、びくんと飛び上がった。振り向きざまに、ウエイターがグラスを落としたのだとわかったが、呼吸は浅くなり、動悸《どうき》もみるみる乱れていく。

「あ……」

まずい。

慌てて、こよりはハンドバッグを摑んだ。

震える手で蓋を開け、探すのは、七年前『綾坂警部補』からもらった合格守にほかならない。

(はやくあれを握らなきゃ。あのお守りさえあれば、わたしは大丈夫なんだから)

だが焦れば焦るほど、探し物は見つからない。

感覚の薄い指先は、財布とメイクポーチの間をひたすら行ったり来たりするだけ。徐々に胸が苦しくなって、焦りが膨らむ。

このままでは楸に心配を掛けてしまう。

すると、バッグをかき混ぜる手を、そっと制止された。

「大丈夫だ」

見れば、楸が傍らにしゃがみこんで、こよりの両手を握るところだった。

「焦ってお守りを探さなくてもいい。今日は、私がいる」

「……綾坂さ……」

「きみが怖がらなければならないことは、何も起こらない」

何故、お守りを探しているとわかったのだろう。

不思議には思ったが、力強い言葉とぬくもりは効果てきめんだった。ゆっくりと脈は落ち着いていき、普段では考えられないスピードで、もう大丈夫だと思えた。

パスタが運ばれて来たのは、楸が向かいの席に戻ってからだ。

ぽつりぽつりと話を振ってくる楸が、努力してそうしてくれていることは伝わってきた。彼の口調は七年前と変わらずぶつ切りの人参のようで、決して流暢ではなかったからだ。

だからこそ余計に動揺して、こよりはその日、別れるまで楸の顔を見られなかった。


それから五度ほど、デートを重ねた。川に、山に、郊外へのショッピングに食事、お茶。

どれだけ会っても、楸の本心はこよりにはわからなかった。

常に楸は落ち着いていて、ほとんど無表情で、お喋りでもない。

しかし、だから彼を信用できないというふうには、最初から考えなかったように思う。

楸が何を考えていようが、ひったくりから救われ、お守りを通して支えられ続けた事実は変わらない。こよりにとって楸は、今でも完璧なヒーローのままだったのだ。

『そろそろどうかしら？　結論は出た？』

アケミから催促の電話が掛かってきたのは、もうすぐ梅雨に入ろうとしていた頃。

問いかけからひと息置いて、こよりはスマートフォンを握り直す。

そして言った。

「……結婚のお話、お受けしようと思います」

断ろうか、続けようか、迷いながらでもそばにいた。楸の隣は、いつの間にかとても過ごしやすい、こよりの居場所になっていた。思えば、七年前もこんなふうだった。

楸は変わっていない。

こよりが好きになった『綾坂警部補』のまま。

この先の人生に楸がいてくれたら、どんなに心強いだろう。

『ああ、それはよかったわぁ』

ホッとした様子で、アケミは言う。

『先方のご両親もね、是非決まってほしいっておっしゃってたのよ。楸くんはご長男だし、もういい年齢でしょう。そろそろ孫の顔を見せないとね。それに、警察官の家系としては、家柄的にもこよりちゃんが理想の相手だったみたいでね』

というのは恐らく、両親ともに公務員であることを指しているのだろう。

そのときこよりは、すこしだけ、楸の考えがわかったような気がした。

両親から結婚を急かされていても、職業柄、楸は相手の素行のみならず家族の経歴も軽視できなかった。そんなとき両親ともに公務員、かつ堅実すぎる性格のこよりに再会して、これはと思ったのだ、きっと。充分、光栄なことだ。

『そういえば、好きな人はどうなったの、こーちゃん？』

「ご、ごめんなさい、勘弁してください……」

『うふふ、わかってたわよ、見栄《みえ》だって。楸くんのこと、好きになれるといいわね』

核心を突かれて、ぐっと言葉を吞んだものの、それでもこよりは頷いた。

「……そうですね」

まんまとアケミの思惑通りになってしまって悔しい気持ちもあるが、もう、心は動き始めていた。

不安になった瞬間、すかさず手を握ってくれた。あの温《ぬく》もりが、まだじんわりと手の中に残っている。

数日後には、楸とふたりで指輪を見に行った。

「本当にいいのか。私と、結婚しても」

帰り道、楸からそう問われ、こよりは「はい」とうなずいた。

「よろしくお願いします。えと……楸さん」

下の名前で呼んだのは、そのときが初めてだ。結婚するなら同じ名字になるだろうし、早々に練習のつもりで言っただけで、深い意味はなかった。

だが、直後に楸は額を手で押さえ、よろめいてしゃがみこんだ。

「ひ、楸さん？　大丈夫ですか？」

歩道の隅で顔を伏せ、動かない彼にこよりは焦る。

「貧血ですか？　気持ち悪いとか？　救急車、いえ、タクシーでも呼びましょうか」

「……いや、いい。必要ない」

「でも、耳、赤いです。熱があるのかも。ひとまず、わたしに摑まってください」

「本当に大丈夫だから、見ないでくれ。今、多分、私は大魔王の顔をしている……」

「だ、大魔王？」

何を言っているのかはわからないが、具合が悪いのではないとわかって、ほっとした。

かくして、乙瀬こよりは初恋の警察官・綾坂楸の妻になったのだった。

3　新婚生活のはじまり

新居への引っ越しが済んだのは、小雨《こさめ》が上がった土曜の午後だった。

百貨店勤務ではあるものの、事務員であるこよりは土日が休日なのだ。

新しい住まいは、新築、駅近、4LDK。

郊外より割高だし、贅沢《ぜいたく》すぎるのではとこよりは思ったが、楸が防犯上ベストだと太鼓判を押した。はかならぬ楸がそう言うなら、まちがいない。

清水の舞台から突き落とされるような気持ちで、契約する楸の背中を見守った。

「蕎麦《そば》でも食べに行かないか」

楸から誘われたのは、十八時をすこし過ぎた頃だ。

引越し業者の作業員たちが去り、ガス開通の作業も終わり、新居で初めてふたりきりになったとき。

「あ、はいっ。でも、お疲れじゃないですか？　簡単なものでしたら、わたし、作りますよ。外に行くより、ゆっくりできるはずです」

「だが、冷蔵庫の中身は空っぽだろう」

「いえ、今夜と明日の朝食のぶんだけ、食材と調味料を持ってきたんです」

こよりはトートバッグから、パスタの乾麺と缶詰のソース、それからほうれん草と卵、野菜ジュースと食パンを引っ張り出した。塩胡椒《こしょう》、ドレッシングと瓶入りジャムもだ。

冷蔵庫が冷えるまで時間がかかると聞いていたから、すべて常温で保存できるものにした。

「……すごいな」

「あの、でも、お蕎麦のほうがよければ、そちらでも。これは取っておけますから」

そう言うこよりの前で、楸はすこし考える。そして「行こう」と玄関を示した。

「きみこそ疲れているだろう」

内心、ありがたい言葉だった。

荷物は引っ越し屋が運んでくれたし、重いものは楸が移動させてくれたが、慣れない場所で慣れない作業をするということ自体に、実はとても疲れていた。

(やっぱり完璧だわ。さすがは『綾坂警部補』……)

そう思えばこそ、まだ信じられない。

その『綾坂警部補』と夫婦になったなんて。

籍を入れたのは先週、ふたりで半休を取り、役所まで婚姻届を提出しに行った。

ついでに免許証やマイナンバーカードも書き換えてきたのだが、実感がどうにも湧かない。

結婚式や披露宴という節目のイベントが、一年先だからかもしれない。お互いの仕事と、式場となるホテルの空き状況を照らし合わせたら、そこしかなかったのだ。

「こっちだ」

路地の右を示し、こよりの背に手を添えようとした楸は、ハッとしてそれを引っ込めた。

「……いや、悪い」

結婚した気がしない理由は、ここにもある。

結婚が決まってから二か月近くが経つのに、楸はこよりに触れようとしない。

キスはおろか、ふたりはまだ、ハグをしたことすらないのだ。

初めてのデートの際、手を握られはしたが、あれはこよりを安心させるためであって、一般的に言う『手を繋ぐ』という行為とはちがう。

さらに言えば楸はこよりを『きみ』と呼び、名前で呼び返してもくれない。

(やっぱり、好かれているわけじゃない、んだろうな)

せっかく夫婦になるのだから、楸をきちんと好きになりたいとこよりは思う。

だが、楸は……そうではないのだろう。

こんなときは、すこしだけ切ない。

天ざる蕎麦を揃って食べて、店を出ると、あたりはすっかり暗くなっていた。

「はあ、美味《おい》しかったです。天ぷらもさくさくでしたね。また行きたいです！」

「ああ」

やってきたときと同じように、住宅街の細い道を並んで歩き出す。

アスファルトにはところどころ、黒々とした落とし穴のような水たまりがある。そこに映り込んだ街灯の光が、さも本物の街灯のようにくっきりと光っている。

「楸さん、苦手な食べ物はありますか？」

なんとなく尋ねると「ない」と即答された。

「それは助かります。じゃあ、好きな食べ物はなんですか？　鶏のささみとか？」

「……そうだな。ほぼ毎日食べている」

「えっ、あたりですか⁉　楸さん、体を鍛えていらっしゃるみたいだから、もしかしたらって思ったんですけど。じゃあ、なるべくタンパク質多めのお食事を作りますね」

「食事？　いや、きみに食事の支度をさせるつもりはない」

「させるつもりはないって……でも、結婚したのに。わたし、お弁当だって作りますよ？」

「とにかく、きみは頑張らなくていい」

ぴしゃりと言われて、こよりは不安になる。

（だったら、どうして結婚なんてしたの？　結婚って、お互いに助け合って生活するためにあるものなんじゃないの？）

それとも、気にしているのだろうか。

七年前の発言を翻し、こよりにお見合いを持ちかけたことを。

本心を明かしてくれないのも、そのあたりに原因がありそうだし、可能性はあるだろう。

「あの……そんなに気を遣わないでください」

「うん？」

「せっかく夫婦になったんですし、料理くらいはさせてもらえたら……」

うれしいですと、こよりは伝えようとした。

と、目の前がぱっと明るくなる。

前方から、猛スピードで乗用車がやってくる。こよりは驚いて飛《と》び退《の》いたが、運転手は気づいているのかいないのか、速度を緩めないまま走り抜けていく。

「近辺のパトロールを強化させるべきだな」

ぼそっと言った楸は、すかさずこよりを庇《かば》っていた。

厚みのある胸が、こよりの視線をすっかり塞いでいる。かすかに、汗の匂いがして、どきっと肩が揺れる。大丈夫か、と問う声がやけに鼓膜に響いて聞こえる。

（男の人……なんだ）

突然頭の上から、現実が降ってきたようだった。

今まで、楸のたくましい肩も、厚い胸も、大きな背中も、凛々しい眼差《まなざ》しも、ずっと『警察官』で『完璧なヒーロー』のものだった。

あれほど春日から忠告されたのに。事実としては知っていたはずなのに、ただの男だという考えが、頭からすっかり抜け落ちていた。

いや、あえて見ようとしてこなかったのか──。

（わたし、結婚したんだ。この、男の人と……）

楸は体を離そうとしたのだろうが、そのまま、不自然に動きを止めた。

見つめてしまっていたと気づいたのは、視線が絡んでからだ。いけない、と顔を伏せたかったが、首が錆《さ》びたブリキにでもなってしまったように、動けなかった。

脈が速まる。はやく目を背けなければ。見つめ合っていたら、いけない。だめだ。いや、だが、何がだめなのだろう。見つめ合って、何がいけない……？

端正な顔が近づいてくる。

とろりと、こよりは目を閉じた。

「ん……」

穏やかに重なる体温。まるで様子をうかがうような、慎重なキスだった。

かさついた感触はわかるのに、温かいのか冷たいのかは判然としない。頭がじわじわと痺《しび》れて、意識がそこに閉じ込められていくかのよう。だが、怖くはなかった。

くらくらする。錯覚？　それとも本当に、体ごと揺れている？　わからない。

心地いい……のかもしれない。膝が、甘くなって崩れそう……。

耐えきれずワイシャツの胸につかまると、楸は気づいたように唇を離した。

「嫌か？」

もしそうなら、二度と触れないとでも言いたげな優しい声だった。

すかさず、かぶりを振る。

「……っ、いえ」

嫌だなんて思うはずがない。

むしろ、離れてしまった唇がもう、恋しい。

「だから、その……その」

楸の胸につかまった指に、切なく力を込める。

「遠慮しないでください……」

もっと口づけてほしいという意味ではなかった。キスだって嫌ではないのだから、もっと夫婦らしくなれるよう、遠慮なく接してほしいとこよりは伝えたかったのだ。

だが、いきなり手首を掴まれる。

どきっとしたのも束《つか》の間《ま》、楸は決意したように、こよりの手を引いて歩き出す。

「え、え」

何があったのだろう。尋ねようとしたが、楸は早足で、なにより勢いがある。体力のないこよりはすぐに息切れしてしまい、声を出す余裕もなかった。

「ん……っ、ひ、楸さ……っ」

玄関扉が閉まりきらないうちに、唇を奪われる。わずかに抱き上げられたら、靴はあっけなく踵《かかと》を滑り落ちていった。廊下に足の裏がつけば、今度はごつごつした手がTシャツの裾から入り込んできて、こよりはびくりと飛び上がる。

（えっ、な、何？　なんで⁉　楸さん、どうしちゃったの）

頭の中は大混乱だった。

入籍してから今日まで、手すら握られなかった。しばらくはまだ、体の関係とは無縁のような気がしていた。いや、そもそもこよりの頭の中で、楸と艶ごとは繋がらない。

楸は潔白で、正義の味方で――それで、そう。『男』なのだと理解したばかりなのだった。

「あの、ちょっ……一旦、落ち、つい……っふ、ぁ……」

舌を絡め取られながらも信じられなくて、くらくらする。

彼は本当に楸だろうか。楸は正気なのだろうか。もしかしてこれが楸の本性……、そう考えると何故だかぞくぞくと高揚してきて、そんな自分になにより戸惑った。

「ま、まっ……待っ、んん、っ」

しかし、単語ひとつさえ発声させてもらえない。頭を思いっきり、シェイクされている気分だ。栓を抜いたら、きっと天井まで噴き出す。いけない。

窮して、両手でばしばしと胸筋を叩いた。

「おふ、お風呂……っ‼」

そこで、やっと楸の動きが止まった。

どうやって押し流されてきたのか、こよりの踵はすでに寝室の入口にあった。

「お風呂、入っても、いいですか」

「悪いが、まだ沸かしていない」

「いえっ、で、出かける前に、給湯ボタン、押しておいたんです。だから、体、洗わせてください。引っ越しして汗だくのままで、こんな……っは、恥ずかしいです」

とにかく、一度冷静にならなければ。楸も、こよりもだ。このままベッドに押し倒されたら、こよりは混乱で気絶してしまう。嫌ではないが。触れられるのに抵抗はないが、今はいけない。

心の準備ができていない。

「お、お願いします……っ」

すると楸は、意外にもあっさりと体を離した。

「わかった」

しかし直後、ひょいと抱き上げられてこよりはぎょっとしてしまう。

「え⁉」

風呂に入りたいとお願いしたのに、楸は了承してくれたのに、何故、横抱きにされるのだろう。

わけがわからぬまま、連れて行かれたのは脱衣所だ。

床に下ろされた途端、また唇を奪われた。

「っふ……」

それだけではない。

鍛え上げられた腕は、有無を言わせずこよりの体から衣服を奪っていく。

「ん、ぅ……ァ、楸さん……っなんで、ぇ」

Tシャツから頭を抜くときに一瞬離れた唇が、また重ね直される。これでは先程の続きも同然だ。ブラのホックが、背中でプチンと外れる。だめだ。これ以上はいけない。

こよりの危機感を無視して、ブラもショーツも奪い去られた。

「ん、んん……っ」

さらに口づけながら。楸は己の衣服を脱ぎ捨てたのだろう。バサバサと衣擦《きぬず》れの音が聞こえたあと、ゴトリと重い音……ベルトのバックルが足もとに落ちたのだ。

間髪をいれず、こよりの体はまたも抱きかかえられ――。

「どうして一緒に入ってるんですか……⁉」

ざぱんと豪快に床を打つ湯。白く煙ったバスルームに、悲鳴のような声がこだまする。

そうだ。楸はこよりを抱きかかえたまま、湯船に浸《つ》かってしまったのだ。

「遠慮するなと、さっき言ってくれただろう」

けろりと返された言葉に、頭を殴られたようだった。

(言ったけど。確かに言ったけど、こういう意味で受け取ったの……!?)

誤解だ。こよりはすぐさま否定しようとしたが、楸はこよりの腰を抱き、自らの胸に寄り掛からせながら、湯加減は、と囁《ささや》いてくる。

「熱くないか」

「大丈夫です、けど」

身動きが取れない。気になるのは、腕を回されている腰だけではない。お尻に。尾てい骨のあたりに、何か当たっている気配がする。ブラックアウトしそうになる。

「……触ってもいいか」

追い討ちをかけるように、楸はねだる。

「ずっと、触れたかった」

「……っ」

「本当は、ずっと」

狙って情熱をうかがわせているのなら、使いどころを心得ているとしか思えない。

(嫌ではないけど、沸騰しそう。無理……正気でいられそうにない。でも)

でも。

こよりは、こくんと小さくうなずいた。すると、楸の唇はこよりの右肩にそっと押しつけられる。さらりとした前髪がこよりの耳とうなじをくすぐり、思わず身悶《みもだ》える。

「ん……っ」

「声も可愛い」

可愛い——夢だろうと思う。

こよりは良くも悪くもすべてが平均点で、ぱっとしない見た目だと自覚している。かたや楸は制服姿でも、スーツ姿でも、カジュアルな普段着姿でも、人目を惹く。

彼ほど優れた人に、褒めてもらえるとは。

と、長い手が、右肩越しに伸びてくる。びくっとした瞬間、ボディーソープのボトルが攫《さら》われた。ややあって、とろりとしたものを肩に塗りつけられ、驚きと混乱でこよりは前方に逃げた。

「な、何をするんですか」

「汗を流したいんだろう?」

「そっ、それはそうですけど、湯船の中ですし」

「湯船の外に出て、悠長に洗うほどの余裕は俺にはないんだが」

「でしたら自分で洗います。自分で、じぶんでできますっ」

ふるふるとかぶりを振っても、楸の手は止まらない。

膝を抱えて胸を庇っていたこよりだったが、腕をほどかれ、抱き寄せられる。背中を楸の胸に預ける格好にさせられると、自然と突き出した胸は、すぐさま泡だらけにされた。

「や、くすぐった……っ、ぁ、あっ」

自分でも驚くほどの甘い声が、浴室に響き渡る。

これは洗っているだけ。込み上げてくる快感を、そうしてやり過ごそうとする。

しかし楸の手は徐々に、ねっとりと両胸を捏《こ》ねはじめた。膨らみを持ち上げては逃し、先端を掌で執拗《しつよう》に撫《な》で回《まわ》す仕草は、明らかにもう洗うためのものではない。

（これ、始まっちゃってる……よね……？）

勃《た》った胸の先を弾《はじ》かれ、恥ずかしさで目をぎゅっと瞑《つむ》ったものの、こよりは両胸を突き出したままでいた。恥ずかしいが、楸の触れ方はとてもいい。時折背中にふわっとかかる熱い吐息も心地よく、自然と、はあっ、と悩ましげな息がこぼれた。

（楸さんの手、きもちい……）

うっとりと、両胸の先をつまんでしごく指先を見下ろす。ハリのある白い肌が、泡にまみれて卑猥《ひわい》だ。先端に刺激が与えられるたび、波立つ様子もなんだか好ましい。

するると、腰を抱かれ、振り向かされた。

泡だらけの左胸をゆるゆると揉《も》みながら、楸はこよりの乳房を見つめる。

「手放せなくなりそうだ」

恥ずかしがる暇など、与えられなかった。

楸は勢いがついたように、こよりを湯船の端に追い詰める。そして右の膝を、こよりの太ももの間に割り込ませてきた。軽く押し上げられ、あ、と声が漏れる。

「ヤ……そこ、変……っ」

押されただけなのに、下腹部がじわっと甘くなる。

思わず両手で楸の膝を退《ど》かそうとしたが、かえってゆったりと恥部を押し上げられた。

漏れ出す声はキスで掻《か》き消《け》され、同時に、泡だらけの乳房はよりねちっこく両手で揉み込まれた。

ぬめりで逃げる突起は弾かれ、ときに膨らみに押し込まれる。

かと思えば引き上げられ、ふるんと膨らみを揺らされた。

「あ、ぅ……、っア、んっ……」

乳房を摑まれたまま先端をつままれたとき、こよりの息はすっかり上がっていた。

「はぁ……っ、あ……」

苦しいのに、こぼれ出る甘い声を止められない。

ぼうっと楸を見上げれば、引き続き、唇を夢中で奪われる。

玄関でそうしたように何度も、角度を変えながら舌を差し込まれる。逃げそびれた舌を吸い出されると、口の端を生温かい液がつたった。

それが顎にたどり着く前に舐め取られ、さらに唇を重ねられる。

「んく……う」

身体《からだ》中が熱くて、指先に力が入らない。のぼせているのかもしれない。熱は身体の外ではなく、内側から湧き上がってくるように、こよりには感じられた。

(楸さんの腕に、溺れそう……)

気怠《けだる》くなった腕を持ち上げ、楸の首に絡めたのは、半分無意識だった。

もったりと、しがみつく。と、たくましい胸板にぬるりとふたつの小山が擦れた。

「……あ」

先端に走った刺激に、勝手に腰が揺れてしまう。

直後、太ももの間に差し込まれていた楸の膝が、ずりっと前に滑った。割れ目の中で、いつの間にか起《た》ち上がっていた芽が擦れる。途端、腹部がきゅうっと縮んで震える。

「んぁあっ……」

砂糖菓子でも噛《か》み締《し》めたかのような感覚に、囚《とら》われたのは一瞬だけだ。

楸はこよりの腰を左右から摑み、前後に揺らしてくる。

「え、ヤあ、あ」

楸の太ももにぐいぐいと秘所をなすりつけられ、痺れるほどの快感に息が止まりかける。

これ以上は、さすがにいけない。焦って楸を止めようとしたが、かえって搦《から》め捕《と》られた。

「ひあぁ、っだめ、楸さ、だめですっ……おかしく、なっちゃ……っ」

引き寄せられ、両膝に跨《また》がる格好にさせられる。潤滑になった割れ目には、硬くそそり立つものが押し付けられる。入ってしまう。どきっとしたこよりだったが、それは側面をこよりの秘部になすりつける格好で、上に滑った。

楸は、はあっと息を漏らす。

「俺はもう、おかしくなってる」

口数の少ない楸の吐息は、あまりに多くを語っていた。

上下して押し付けられているものの硬さにも、欲しがられているのだと感じて、胸が熱くなる。怖さがないといえば嘘になるが、ぞくぞくと背すじを駆け上るのは期待感だけだった。

(楸さんが……『綾坂警部補』が、わたしに興奮してる……っ)

最初は、潔白な楸と艶ごとのイメージは重ならないと思った。

だが今は、重ならないからこそ、妙な昂《たか》ぶりがこよりを押し上げていた。

「あ、あ、硬……、んぁ、あ、すご、いぃ……」

ごつごつした側面が、前後して割れ目を撫でる。普段、上品でそつのない楸の、野性の部分がそこに現れているようだ。思わず腰を揺らすと、先端が膣口《ちつ》を軽く抉《えぐ》る。

「う、んん……っ」

欲しいと思ってしまうのは、本能だろうか。

直後に前に逃げ、秘芽を擦った雄のものが、何故だか恨めしかった。

「はぁ、っ」

無意識のうちに背を反らし、入口を押しつけてしまう。ひくつくそこが、切なく楸のものに絡み付く。と、楸はこよりの両胸から、綺麗《きれい》に泡を洗い流した。

それから、思い切ったように立ち上がり、雑にバスローブを羽織って戻ってくる。

抱き上げられ、バスタオルに包まれながら、暑い、とこよりは息を吐く。

ベッドに仰向けに寝かされても、ぼうっとしていたから、楸が一旦別の部屋に行き、何をしていたのかはわからない。太ももを開かれてはっとすると、茂みに顔を埋められた。

「ひ、楸さん、何を……っあ……あ、あ、ぁっ」

恥ずかしいと思っても、拒否の言葉が出てこない。柔らかな舌が割れ目に沿って下へ滑り降りると、こよりは背中をしならせて甲高くよがっていた。

「ふぁ、ア、っあんっ、あ、あ……！」

まるで、こうされることをずっと昔から待ち焦がれていたようだ。

舌が前後し始めると、官能は見る間に行き渡り、ふうふうと息をしてこよりは悶《もだ》えた。

「っは……、ふ……っ……う」

苦しい。気持ちいい。苦しい……気持ちいい、気持ちいい、気持ちいい。

針先が触れたら、ぱんっと弾け飛びそうなほどの快感が体に充満している。

楸の唇はやがて処女の入口に狙いを定め、そこをくちゅくちゅと愛撫《あいぶ》した。

「ア、あ、そんな、しゃぶっちゃ……、やぁ、あ」

いやいやとかぶりを振りながらも、こよりは太ももを閉じられない。

快感が強すぎて怖いのに、むしゃぶりつく唇がこのうえなく悦《よ》くて。恥ずかしさなどもはや微塵《みじん》も感じられず、白い乳房を揺らして腰をくねらせる。

（いいよぉ……っ、楸さんの唇、いっぱい押し付けられて……っ）

膝がくがくと、震えだしたときだ。

鍛え上げられた両腕が、こよりの太ももを抱えた。筋肉質な肩にこよりの足を担ぎ、腹部へと手を伸ばす。その指先はこよりの下腹部をするりと撫で、茂みへと分け入る。

「あ……！」

声が上擦ったのは、割れ目を開いた状態で軽く前に引っ張られたからだ。

おのずと、丸く膨れた粒が剝《む》き出《だ》しになる。真っ赤に腫れててらてらと濡《ぬ》れたそれは、すぐさま楸に吸い付かれ、じゅうじゅうと音を立ててねぶられる。

「やっ、あふ、っだめぇ……だめ、だめぇ、え」

それまでとは段違いの刺激だった。一点に鋭い快感を絶え間なく与えられ、目の前にちかちかと星が散る。ほぼ反射的に、楸の頭を両手で押す。

「お願……っ、も、や……っ、いや、いいのぉ、っいやぁ、あ、っいい、いやあ」

込み上げてくるのは、魅惑的な危機感だった。凶暴なまでの愉悦に翻弄され、身体中、どこもかしこもこよりの思いどおりにならない。

だが、それでもいい、のだ。

「きもちいいの、っ……きもちい、っ、あ、あ、わたし、へん……っ」

これ以上はもたない。限界だ。良すぎて、呼吸が上擦る。

大きな衝撃がやってくる気配に、こよりは全身をぎゅっと硬くしてシーツを掻いた。

と、楸の視線がこちらに向いていることに、気づいた。

見つめられたまま、ちゅうっ、と割れ目の間の粒を吸い上げられる。見せつけるように、丸く勃った粒を唇から引き抜かれたら、意識が弾け飛んだ。

「んあぁっ、あ……っ、あ、あ……‼」

ぎしぎしと悲鳴をあげる、ベッドの脚。

揺れるスプリングの上、こよりは全身をばたつかせて快感を貪った。腰を揺らせば揺らすほど心地よさは広がって、下腹部が甘くとろけていく。

「……あ、あ……ぁ、は……」

ひくんひくんと動いてしまう腰を、楸の手がゆったりと撫で回す。そうして落ち着かせようとしてくれているのかもしれないが、逆効果だった。絶頂直後の体はどこもかしこも胸の先と同じくらい敏感になっていて、さらりと指でなぞられるだけで蜜を溢れさせる。

「ん……っ」

こよりはさりげなくその手を振り払おうとしたが、楸は離してはくれなかった。

太ももを開いた格好のままベッドに押さえつけられ、処女の場所を舌で探られる。

「や、ぁ……待っ……てぇ」

腰を引いて逃れようとしても、生暖かい舌は執拗に入口をねぶり続けた。

ひくつきに合わせ、時折、浅く入り込まれる。ここが欲しいと言われているようで、くらくらする。加えて、体の上で無防備に揺れている胸を摑まれたからたまらなかった。

「ひぁっ、あ、ヤぁあっ……これ以上、気持ちいいの、だめぇ」

無理です、という訴えは、間もなく押し戻された。

指と指の間に胸の先端を挟み込まれ、しごかれたからだ。同時にちゅくちゅくと恥部の芽をしゃぶられて、意識が飛びかける。それでもなお、楸は離れない。

「ふ、ぁ、あ、あっ、あ」

続けての絶頂に、こよりはつま先でシーツを掻いた。

楸が体を持ち上げたのは、そのときだ。

処女の場所に、何かが入り込んでくる。それが楸のものだとわかったのは、見上げる顔がかすかに歪んでいたからだ。視線を落とす。黒々と聳えたものが、こよりを穿《うが》とうとしている。

「……っ」

とてつもない圧力で、内側から引き裂かれそうだ。鋭い痛みは確かにあるのに、それだけではなかった。連続して弾けた余韻で、蜜口はまだひくひくと痙攣《けいれん》している。

吸い付くようなその動きに合わせ、楸のものは沈み込んでくるのだった。

「……ク……」

息を詰め、覆《おお》い被《かぶ》さってくる筋肉の塊のような体。

ゆっくりとせり上がる充足感を、こよりは無我夢中で受け止める。

「ん、ぅ……痛……！」

思わずこぼれた本音に、楸は慌てたように動きを止めた。

「もしかして、初めてか」

「……っん……や、でも、やめないで……」

お願い、と乞えば、楸はそれまでより慎重に腰を進めた。

脚の間のものが、みるみる飲み込まれていくのが見える。あれほど大きなものを収められる場所が、自分の体の中にあるとは思わなかった。

一瞬だけ避妊のことが頭をよぎったが、すでにふたりは夫婦だ。子供ができたとして、別におかしい話ではない。むしろ、楸の子供なら見てみたいと思う。

（これが……楸さんの……）

根もとまでしっかり入り込まれると、こよりは大きく息をして体のこわばりを解いた。

ひくん、と思い出したように内壁が収縮すると、内側からぐんと押し返される。最初に感じた痛みはどこへ行ったのか、今、胎内を満たすのは快感だけだった。

「……苦しくないか」

そう問う、楸のほうがよほど苦しそうだ。

「っ……へ、いき……」

「本当に？」

本当だ。だから、そんな顔をしないでほしかった。

切なさのあまり、こよりは気怠い手を持ち上げ、楸の頬に触れる。汗ばんだ額から、黒いつややかな前髪を剝がすようにし、搔き上げる。

「もっと……もっと、きてほしい、です……」

どうにか笑いかけると、ふいに、内側の襞《ひだ》がひくついた。

体まで健気《けなげ》に、楸の快感を促すかのように。と、唇をいきなり奪われる。がむしゃらに舌を含まされ、口内をぐるりと舐め回された。

「ん、んっ……」

楸の腰が、静かに揺れ始める。

もう待てないとばかりにゆるゆると先端で奥を撫で回されると、こよりはたまらず両脚を彼の腰に巻き付けていた。

「っん、ふ」

もっともっと、楸の気の済むようにしてほしかった。

重なった唇の隙間から、は、は、と短く息が漏れる。楸の動きが深く、浅く、緩急をつけて大胆になると、そこに甘い声が混じって漏れた。

「あ……あ、っ……ん、ぁ、ア、楸さ……っ」

呼ぶと、最奥にぐっと先端を押し付けられる。

所有の印でもつけられているようで、胸の中まできゅうっと熱く痺れてくる。

「ひさぎさん、楸さんっ……」

ねだるように呼べば、奥の壁を押し上げられたまま、腰を揺らされた。

吐き出したい意思が伝わってくるから、たまらなくなって、その首にしがみついた。

「……んんっ……」

全身が、彼と一緒に揺れている。

まるでひとつの生き物になった気がして、うれしいと思う。

(わたし……『綾坂警部補』と、赤ちゃんができるようなこと、してる……)

と、右耳にはあっと塊の息がかかった。

「辛《つら》く、ないか」

尋ねてくれる優しさが、このうえなく恋しかった。かぶりを振って、こよりは腰を小さく揺らす。続けてほしいという意図はすんなり伝わり、またベッドは軋《きし》み始めた。

どれほどの間、繋げられていたのかはわからない。

だが力なく楸が覆い被さってきたとき、彼の体は汗で濡れ、ひんやりとしていた。

「……これを」

まだ息が整わないうちに、楸はそう言ってこよりの左手を取る。そして、枕もとにあった何かを手に取ると、こよりの薬指に滑り込ませてきた。

銀色の、シンプルな指輪だ。

ふたりで婚約指輪を見に行った際、合わせて予約していた結婚指輪だった。

「いつの間に……」

「仕上がったと連絡があったから、昨日取ってきた。一刻も早く、きみに渡したかった」

そこに唇を寄せる仕草が切なげに見えて、こよりは思わず泣きそうになった。

好きだと言われている気がしたからだ。

もしそうなら、どんなにしあわせだろう。もちろん今でも充分しあわせだし、互いに恋愛感情などなくても、夫婦としてうまく暮らしていけるとは思うが。

(……綾坂警部補……)

胸の中でだけ囁いて、こよりは眠りに落ちた。

翌日曜も、ベッドから出ずにほとんどの時間を楸の腕の中で過ごした。

といっても、楸が初めてのこよりに無理をさせるはずがない。

寄り添ってうたたねをしたり、いたずらっぽくキスを交わしたり、あるいは全身を撫で回して快感だけを与えたり。そして繋がっても、最初ほど激しく動きはしなかった。

だからこよりはふわふわと、一日中夢の中にいるようだった。

＊＊＊

綾坂楸は月曜、早朝の街をジョギングしながら猛省していた。

同居初日から、まさか手を出す羽目になろうとは。しかも翌日になってもまだ手放せず、解放してやれたのは食事の時だけだなどと、まったく見境がなさすぎる。

当初の予定では、楸はまだ、こよりに指一本触れまいと決めていた。

『わたし、好きな人がいるんです。だから、ほかの人との結婚なんて考えられないんですっ！』

見合いの席にやって来る前、こよりがそう言っていたから。

父と母の耳には届いていないようだったが、楸は普段から聞き耳をたてる癖があるため、しっかり聞いていた。仕方ないことだと思った。きっぱり断られたとしても。

それなのに、こよりは楸との結婚を承諾した。

その好きな人とやらをきっぱり諦め、楸に応えてくれたのだ。

しかし、完全に忘れたわけではないだろう。真面目な彼女の性格上、見合い当日にまでごねるほど本気だった恋を、この短期間でなかったことにはできないはずだ。

証拠だってある。

こよりが鞄につけている男物のキーホルダー。やけに使い込んでいるふうなのに、一向に外そうとしないそれこそ、好いた男にもらったものだろうと、楸は仮定していた。

かまわない。今はまだ、こよりの心が完全にこちらに向いていなくても。

(だから、もっとゆっくり関係を深めようと思っていたのに)

遠慮しないで、などと健気に言われたら、触れずにはいられなかった。入庁以来、恋愛には慎重に、多少の誘惑には揺るがずにやってきたのに……自分で自分が信じられない。

信号待ちで、楸は己の右頬をベチンと叩く。

「……愚か者め」

同じくジョギングをしていたスポーツウェア姿の男女が、驚いたように振り返ってはっとする。しまった。人前だった。不自然に、そそくさと進路を変える。

そして自宅へとつま先を向けながら、楸は決めた。

こよりに、自分の気持ちを告げるのはまだしばらくやめておこう。性急に体の関係を結んでしまった今、心まで焦らせては申し訳ない。

――こより。

せめて、そう呼ぶのは許されるだろうか。

試しに口に出してみようとして、しかし声にはならなかった。

なにせ楸は、厳格な父のもと、男兄弟で育った。

身近な女性は、母親と家政婦だけ。加えて無口で、誰に対しても親しく名前など呼んでこなかった楸には、恋しい妻を呼び捨てるなどハードルが高い。

「こ……こ、」

ふたたび赤信号に引っかかり、足踏みをしながら楸はさらに試みる。

呼ぶんだ、呼んでしまえ。

許されるだろうか、ではない。

籍を入れ、同居も始め、そのうえこよりからは「楸さん」と呼ばれているのに、楸がいつまでも「きみ」と呼んでいたらおかしい。

「こっ」

鬼気迫る表情で「よ」の形に唇を動かしたときだ。

「ねえママぁ、あのお兄ちゃん、にわとりさんの真似っこしてるよー！」

通りかかったベビーカーの中の小さな男の子に、そう言って指を差される。母親には焦ったように「しいっ、やめなさい！　すみません、すみません」と詫びられたが、楸こそ申し訳なかった。

罪なき一般市民に謝らせてしまった。

(何をやっているんだ、俺は)

逃げるように走り去ったものの、楸は数メートルほど行って、ゆるゆると立ち止まった。一定に保っていたはずの呼吸が、すっかり乱れている。深呼吸をして己を取り戻そうとしたものの、そもそも動悸が整わないから難しかった。

「……クソ……」

十年以上も続けてきた早朝ランで、こんな事態は初めてだ。

結局、部屋に戻れたのは、マンションのエントランスで腕立て伏せと腹筋をそれぞれ二百回し、少しの平常心を取り戻してからだった。

「あ、おかえりなさいっ、楸さん！」

するると、こよりがお玉を片手に廊下の先からひょこっと顔を出した。

清楚の極みのようなエプロン姿に、ノーメイクの自然な笑顔。心臓がぎゅんと縮む。

「た、ただいま」

応えたものの、楸は後ずさり、再び玄関の外に出た。

――重症だ。

せっかく整えたはずの呼吸が、みるみる浅くなる。最初からこの調子で、いつまで告白せずにいられるか。明日にでもぽろりと好きだと言ってしまいそうで、怖くなる。

おかえりのひと言が耳の奥でほわほわとこだまし、落ち着く暇を与えてくれない。そうしてさらに腹筋を五十回こなしたため、この日、楸の出勤時間は珍しく五分ほど遅れた。

4　花火デートを

楸と一緒に暮らし始めて、二週間余り。

こよりはすこしずつ、楸との生活リズムを摑み始めていた。

楸は朝一番のジョギングの後、シャワーを浴びてから朝食をとる。

身支度を整えて家を出るのは、こよりが出かけるより二時間も早く、通勤はマイカーだ。

それで自然と、朝食はこよりが作るようになった。当初は何もしなくていいと言われたが、こよりは職場にお弁当を持参するので、ついでに、と始めたのだ。

(そのうち、楸さんのぶんもお弁当作っちゃおうかな。楸さん、職員食堂派かな)

考えながら、朝食のサラダを盛り付ける。フルーツヨーグルトを器に移してテーブルに運ぶと、シャワーを浴びて戻ってきた楸が、スポーツタオルで髪を拭いながら言った。

「言い忘れていたんだが、今週の土曜、半日ほど仕事が入った」

「えっ、警察官って、休日出勤があるんですか?」

「ああ。職場が今、特別忙しいとかではないんだが、応援要員として駆り出された」

「応援？　何の応援ですか」

「花火大会の雑踏警備だ」

コーヒーをマグカップに注ごうとして、こよりは目を丸くする。

「楸さんって、デスクワークが主ですよね？　雑踏警備って、現場のお仕事なのでは」

「基本的にはそうだ。が、なにしろ人手がいる。所轄の署員だけではどうにもならない場合もあるから、人づてに頼まれたりもするんだ。私の場合は、こちらから希望している」

それは、所轄の署員たちのために、ということだろうか。公私にかかわらず気配りができるなんて、やはり『綾坂警部補』だ。庁内でも、きっと人望が厚いにちがいない。

すると楸は「それで、土曜の夕方から、すこし逢《あ》いたいんだが」と言う。

「逢うって、わたしとですか……？」

「ああ。一緒に、花火が観《み》られたらと思う」

「花火！　ぜひっ」

思わず背すじを伸ばしたら、コーヒーサーバーの中でコーヒーがちゃぽんと音を立てた。

花火大会なんて、子供のとき以来だ。ぜひ行きたい。

聞けば楸は、管轄の署員たちとともに朝から会場入りし、夕方には任務を離れるというので、現地で待ち合わせることにした。

（花火デートなんて、初めて！）

それに、結婚が決まってからというもの、逢うときは決まって、何か用事があった。住む場所を決めるとか、家具や食器を買うとか、免許の書き換えとか、引越し屋との打ち合わせとか。単に楽しむためだけに待ち合わせるのは、久々だ。

楸を送り出し、自らもマンションを出て駅へ向かいながらスキップをしそうになる。

夕飯は屋台で食べるのだろうか。そもそも、花火大会に屋台なんて出ていただろうか。

花火は何発くらい上がるのだろう。考えるだけで、わくわくが止まらない。

そうして出勤すると、ロッカールームに入るところで春日に出くわした。

「おはよう、はるちゃんっ」

「お、おは……ってか、こよりん、なんかヤバいもの食べた……？」

「え？　なんで？」

「顔がニヤけすぎて怖い」

喜びが表情に出ていたらしい。

悪いことではないし、隠す必要もないしと、こよりは花火大会の件を春日に打ち明けた。

「ふーん。夫婦でデートねぇ。案外、うまくやってんだ？」

「うん。まだまだ慣れないことも多いけど、それなりに仲良くしてるよ。……あ、仲良くっていうのは、その、そういう意味じゃ……その、何もないとは言えないけど、うん」

籠もらせた言葉を、春日は察したらしく「かーっ」と露骨に嫌な顔をする。

「のろけるかね、普通。独身で恋人もいない親友に」

「え、うそ、のろけてるつもりじゃなくて！　はるちゃんにはずっと相談してたから、ちゃんと報告しなきゃって、それだけで……ごめん……」

「あー、もー、うそうそ。わかってるって、こよりがいいやつだってことは。幸せそうでよかったよ。そうだ、花火大会デートなら、浴衣でも着付けてあげよっか？」

「浴衣……」

「そ。母のお下がりがいろいろあってさ。いわゆるレトロ浴衣ってやつ。こないだ引っ越したときにいっぱい持たされたから、着るなら今だよ」

「えっ、引っ越し？　はるちゃん、引っ越したの？」

「まあね」

聞けば、春日は折鶴百貨店の近くに引っ越したらしい。

デニムショップ開店のために集めているデニムが実家の自室から溢れてしまい、どうにかしろと家族に詰め寄られた結果、ひとり暮らしをすることにしたのだそうだ。

「土曜なら私、出勤してるから、休憩時間に、ロッカールームで着付けるよ」

ありがたい申し出だった。だが、数秒考えて、こよりはふるふるとかぶりを振った。

「うれしいけど、遠慮しとく。汚しちゃったら悪いし」

「そんなの気にしなくていいって。もともとお古だしさ」

「でも……楸さんの職場にお邪魔するわけだし、妻が浮かれた格好じゃまずいし」

「浮かれた格好って、花火大会なんだから浴衣はむしろ正装だろ。……てか、こよりん、私、今気づいたんだけど。結婚したのに外見の変化がまったくないって、どういうこと？」

ぎくっとした。

「え、そ、それは」

「変わりたかったんだろ。まずさ、結婚したらすこしは、旦那にきれいと言ってもらいたいとか、旦那とバランス取れるようにとか、考えるものなんじゃないの？」

「その、考えていないわけじゃないんだけど……」

思い切って変わった結果、失敗しないだろうか、というのがこよりの今の心配だった。

失恋してから七年、見た目に変化なく過ごしてきた。デパートに勤めながらも流行り廃りとは関わらないように生きてきてしまったから、今さらレールを切り替えるのは怖い。

ましてや現状、楸とはうまくいっている。

「今でも充分円満だし、下手に変わることもないんじゃないかなー、なんて」

「……ふうん」

春日はつまらなそうに言って、短くため息をつく。

「ま、こよりんがそれでいいならいいけどさ」

そして、自分のロッカーのほうへとすたすた歩き去った。

迎えた土曜、こよりはまだ陽の高い午後に自宅を出て、待ち合わせ場所へ向かった。花火大会が始まるまで数時間あるが、日が暮れてからでは電車が混むにちがいないと思った。

予想通り、駅前通りは、すでに浴衣を着た男女で溢れかえっている。

河川敷《かせんじき》へ続く歩道にも行列ができ、加わると、下手に身動きなど取れなかった。

(一応、混雑を予想して早めに出てきてよかった。けど、暑い……)

持参してきたマイボトルの麦茶を飲み飲み、混雑の中を進む。

楸との待ち合わせ場所は、川べりに立つビルの一階だ。目印の看板を教えてもらっていたから、すぐにわかった。入口を確認してから、近くのカフェに入る。

カフェは大行列だったが、時間には余裕があるからかまわなかった。

そして約束の時間――。

焦った様子で飛び込んできた人の姿に、こよりは目を見張った。

水色のワイシャツに、ポケットがたくさんついた黒のベスト、紺の官帽。

その人は正しく警察官で、こよりの記憶にある『綾坂警部補』そのものだった。

「楸さんっ？」

驚いて呼びかけると、彼はぱっと振り向く。

そして「すまない！」といきなり頭を下げた。

「今の今まで酔っ払いの対応にあたっていて、着替える暇もなかった。これから臨時の派出所に戻って引き継ぎをするから、もうすこしだけ時間をもらえないか」

「もちろん、わたしはかまいませんけど……大丈夫ですか？　お忙しいようなら、わたし、まだここで待ってますよ。花火が上がるまで、まだありますし」

「いや、そこまで気にしなくていい。本来、私の立場では参加しない任務だ。行こう」

楸が大股で歩き出したので、こよりは急ぎ、その背を追った。

（いつもはスーツ勤務なのに……制服、借りたのかな？　私物？）

制服姿の楸とすれ違う人々の反応は様々だ。

はっとしたように見たり、すっと道を譲ったり、慌てて背すじを伸ばしたり。子供に至っては、おまわりさん！　と目を輝かせて楸を呼び、応えて手を振る姿が誇らしかった。

土手をのぼると、視界の上半分が掃かれたみたいに開ける。

立ち並ぶ出店、流れの向こうに広がる街並み、そして鉄橋を行き交う列車と車。夕暮れに差し掛かって、空気に橙《だいだい》が混ぜ込まれたようなのが、不思議と懐かしい雰囲気だ。

「あのっ、すみません‼」

そこに、女性が駆けてくる。警察官を見かけて、焦って呼び止めたというふうだ。

表情に余裕はなく、顔中、汗でびっしょり濡れている。

「こ、子供がいないんです。はぐれてしまって……ど、どうすればいいか……っ」

こよりはぎょっとしたが、楸は冷静だった。

女性を人混みの外へと連れ出し、状況を手短に尋ねる。

すると彼女は家族三人で会場にやってきて、五歳の女の子とはぐれてしまったらしい。

父親はひとりで子供を捜しに行ったが、見つかったという連絡はかれこれ十分ないという。

「娘さんの名前と服装、髪型と特徴を教えてください。お母さんとお父さんの名前も」

肩の無線機で通信しながら振り返りもしない姿が、すこぶる心強い。

こよりが同じように頼られたら、母親と一緒に焦ってしまうはずだ。これだけ人の多い場所で小さな子供がいなくなったら、どう捜せばいいのか見当もつかない。

「派出所でも本部でも、五歳の女児は預かっていないようです」

「そんな……」

「捜索は開始しましたので、とにかく落ち着いて。今日の交通手段は？」

「その、車です。近くのコインパーキングに停《と》めてあって……、でも、それが何か」

「そちらに案内してください」

「な、なんですか」

「一度、行ってみましょう」

直後に楸から「すまないが、ここで待っていてほしい」と耳打ちされたが、じっとしてなどいられなかった。ふたりの背中を追って、ともにコインパーキングへと向かう。

楸は何を考えているのだろう。本当に、ことごとく、わからない。いつか、わかるときが来るのだろうか。夫婦を続けていけば、いつか。

蒸した空気の中を駆け抜け、土手を下りる。住宅街の細道を、人混みをかき分けていく。三階建てのビルの向こう。コインパーキング、と書かれた緑色の看板が見えてきた。

「あ！」

最初に声を上げたのは、母親だ。

どきっとして、その視線の先をたどる。整然と詰め込まれた、乗用車の隙間――。

白いワゴン車の側に、しゃがみ込む浴衣姿の女の子がいた。

駆け寄る母親に、女の子はわあっと泣いて抱きつく。どうにか栓をしていた涙が、一気に溢れ出た様子だった。小さな背中を抱き返し、ほっとしたように胸を撫で下ろす母親を見て、こよりは感じ入らずにはいられない。

こんなにあっという間に、解決してしまうとは思わなかった。

「楸さん、どうしてここにお子さんがいるってわかったんですか？」

スマートフォンで父親を呼ぶ母娘《おやこ》を遠目に、こそっと尋ねる。

「わかったわけじゃない」と謙遜しつつ、楸は答えた。

「四、五歳にもなると、未来が見通せるようになってくる。と同時に、個人差はあるが、方向感覚が身につく子供もいる。元いた場所で親を待つケースというのは、少なくない」

ややあって、汗だくの父親が駆けつけてきた。子供を抱き上げ、泣きそうに顔を歪める。その様子をかすかに目を細め、喜ばしげに見つめる横顔は、夕日に照らされて眩《まばゆ》いほどだ。

（あ、わたし知ってる。これって『綾坂警部補』の顔だ）

七年前にも、同じような顔を見た。ひったくりにあったあと、連れて行かれた病院に、こよりの両親が駆けつけてきたとき。同じように、ほっとしていたのだろうか。

考えると、今さらながらありがたい。

去り際、楸は女の子に言った。

「これからはもし、こういう広い場所で大人とはぐれてしまったら、まず、動かずに大きな声で知らせてくれないか」

「……わかった」

「パパ、ママ、だけでいい。ひとりで勝手に動いたり、知らない大人について行ったりしたらいけない。お父さんもお母さんも、きみの声を聞き分けてすぐに見つけてくれる。いいね？」

「うん！」

こっくりと頷いた女の子は、きらきらした目で楸を見上げる。小さな目には、楸が正義のヒーローとして映っているにちがいない。かつてのこよりがそうだったように。

「本当にありがとうございました！」

幾度も頭を下げる親子に別れを告げ、また、土手へ戻る。

臨時の派出所は河原にあり、楸は迷子発見の報告を済ませると、奥でシャツとデニムというラフな服装に着替えて出てきた。

「待たせて悪かった」

「いえ。……お疲れさまです」

改めて私服姿で向かい合うと、ほんのすこし照れ臭い。

私服姿のほうが見慣れているはずなのに、どんな顔で隣にいたらいいのかわからない。

七年前の心境を思い出したからかもしれない。そわそわして、目を合わせるのをためらう。

こよりの照れに気づいているのかいないのか、楸は屋台を示して言う。

「何か食べないか？　腹、減ってないか」

「あ、はいっ。食べたいです！」

慌てて、こよりは背すじを伸ばした。

「お腹《なか》、減ってます。実は一時間くらい前に近くのカフェに寄ったんですけど、コーヒーだけにしておいたんです。せっかくなら楸さんとふたりで食べたいと思って」

「一時間も前から来てくれていたのか」

「はい。楽しみで……混む前にと思って、つい。でも早過ぎちゃいました」

こよりが肩をすくめると、楸はわずかによろけた。おもむろに、目もとを押さえる。

「えっ、貧血ですか？　大丈夫ですか」

「いや」

ゆるりと手を口もとまで下ろした楸は、はあ、とかすかに息を吐いて言う。

「そんなに喜ばせないでくれ」

「よろこば……？」

何を言われているのか、まったくわからなかった。

数秒考えて、もしかして、と思う。楽しみで早く来すぎたと、こよりが言ったから。

（それだけのことで、喜んでくれたの……？）

照れ臭くなって、こよりはじわりと頬を赤くする。そのさまを見て、楸も遅れて我に返ったらしい。なんとなく気まずそうに、後ろ頭を掻く。

そしてぎこちなく人波に乗り、雑踏の中を歩き出した。

川面《かわも》を撫でた風が吹き抜けていっても、体は熱いまま。このままでは、のぼせてしまいそうだ。ふう、と密《ひそ》かに息を吐くと、楸が唐突に「焼きそばはどうだ？」と言った。

「あそこに屋台がある。たこ焼きと、大判焼きも」

「い、いいですね。いくつか見繕って、一緒に食べましょうか」

「ああ、そうしよう」

手分けして屋台に並び、ふたたび合流すると、あたりはすっかり暮れていた。墨のような水面には、土手に連なる提灯《ちょうちん》の明かりが落ちてゆらゆら揺れている。

土手の中腹に並んで座ると、ふたりは買ってきた焼きそばを半分ずつ分けた。

たこ焼きと大判焼きも、それぞれ割って「おいしい」と食べた。

右隣に置かれた質量たっぷりの腕は汗ばんでいて、二の腕があたるとひやりとする。

つい先ほどまで市民のものだったその手は、今はこよりのためだけにある。その感触も、たくましさも、彼が市民の味方だということも、この瞬間、こよりだけが知っている。

「わ……！」

やがて夜空にぱっと光の粒が舞い、遅れてドンと炸裂《さくれつ》音が響く。

「きれい！　わたし、こんなに近くで花火を見るの、初めてです‼」

興奮して眺めていると、すぐ隣から視線を感じた。そちらに顔を向けると、正面から楸と目が合う。揺れるように見つめる瞳が、花火よりずっと鮮やかだ。

途端に脈が駆け出す。

どうかしましたか、と尋ねたいのに、声にならない。

楸のほうも、何か言いたげにしながらも、唇を一文字にしたまま。

沈黙の味方をするように、端正なその輪郭に、次々と色とりどりの光が落ちて――。

（……楸さん……）

どうしたら、わたしを好きになってくれますか？

思わず尋ねてしまいそうになって、呑み込んだ。そんなこと、聞いてどうするのだろう。

ぱっと川面に視線を移すと、草むらの上に置いていた手を柔らかく握られた。

残像のように視界に漂う熱が、水面に揺れる光を滲ませる。持て余すばかりの感情を密かに吐き出して、もしも、と想像した。もしも春日の勧めを断らず、浴衣を着ていたら。

そうしたら、楸はどんな顔をしただろう。

かわいい、と、もっとはっきり言ってくれた？

考えると、後悔がこみ上げてきて止まらなくなった。

変わらないほうが確実だ、などと思っていた自分の浅はかさが恨めしい。

南からの風が吹き抜けると、屋台の香ばしい匂いに混じって、かすかに火薬の焦げ臭さと木々の青々しさが鼻先を過ぎていった。

5　不審者騒動!?

昼の休憩時間、こよりはお弁当を片手に休憩室の隅の席に座る。

カウンターの上に、先ほど書店で購入してきたファッション誌を広げる。

（スカート……そういえば、ロング丈しか持ってない。ミディ丈、挑戦してみようかな）

花火の晩に後悔してからというもの、こよりはすこしずつ変わろうとしていた。

堅実さをすべて捨てたいとは言わない。だがせめて、楸と次にデートするときには、かわいいと言ってもらえる自分になりたい。

しかし突然売り場に立っても、どんな服を選んだらいいのかわからないのは目に見えているから、まずは雑誌で下調べをすることにしたのだ。このあたりは、やはり堅実だ。

気になったページの隅を三角に折っていると「こよりん」とどこからか呼ばれる。

「ちょっといい？」

春日だった。

「ど、どうしたの、はるちゃん」

目を丸くしてしまったのは、いつもさっぱりと明るい春日の顔が沈んでいたからだ。両目の下には濃いクマも見られ、寝不足なのもうかがえる。

「ここ、座って。何があったの？」

隣の椅子を勧めると、春日は社食のゆでたまごを一個（本日の昼食らしい）、カウンターの上に置いて崩れ落ちるように席についた。腕を重ねて置いて、そこに突っ伏す。

「……マジで、参ってる……」

「参ってるって、どうして」

「こないだ、ひとり暮らし始めたって話したじゃん。隣に、男が引っ越してきたんだ」

春日は突っ伏したまま、その男が胡散臭《うさんくさ》いんだよ、とため息交じりに言った。

顔立ちは美形なのだが、見かけるたびに同じ服を着ていたり、妙に髭面《ひげづら》だったり、反対に妙にさっぱりしていたりするらしく、つまり定職に就いている様子はないらしい。

「確かに怖いかも。接触しないようにする、っていうだけじゃ、まだ不安？」

「いや、だってそいつ、たまに待ち伏せするんだよ」

「待ち伏せ⁉」

「そう。やけに馴《な》れ馴《な》れしくてさ。普通、たかが隣人なのに、昨日何してたとか聞いてくる？　夜中にぼそぼそ電話してるようなのも煩いし。しかも真っ暗な中でだよ。なんか儀式でもやってるんじゃないかっていう、きびきびした口調も怖くて、眠れなくて」

そこまで言うと、春日は顔を上げる。そして気づいたように「ごめん、食べて」と掌を見せた。

こよりはお弁当箱を開き、お手製の生姜《しょうが》焼きをすこし食べる。

「で、こないだその男、売り場に来たんだ」

春日がそう言うから、こよりは口の中のものをいっぺんに飲み込んでしまった。

「う、売り場って、はるちゃんが店長してるデニムショップに？　その隣人さんが？」

「そう。偶然っぽい顔で、奇遇だね！　みたいに言われたんだけど、怪しいでしょ、どう考えても。もしかしたら尾行されてたのかなとか、帰りもつけられたらどうしようとか」

「それ、ストーカーなんじゃ……。警察に相談した？」

「もちろん、最寄りの交番に話はしたんだ。でも、パトロールを増やすって言われただけで、本当に見回りをしてくれてるのかわかんないし、状況だって改善しないし」

「そっか……。ねえ、はるちゃんち、この近くだよね？　今日、一緒に帰ろうか」

言いながら、こよりはふと閃《ひらめ》いた。

「そのまえに、楸さんに相談してみる」

「マジで？　旦那、担当外なんじゃないの？　こういうストーカーっぽいやつ」

「楸さん、生活安全部の総務課にいるんだけど、そこにストーカー対策室があるの。ちょっと待ってね。今ならお昼休憩中で、楸さんも電話に出るかもしれないから」

制服のベストのポケットに入れていた、スマートフォンを取り出す。それからすぐに電話帳を開き、楸の名前をタップした。

コール音が鳴る。ややあって、楸が『もしもし？』と意外そうな声で応答する。

『どうした？　何かあったのか』

「あったというか、その、今、大丈夫ですか？　ちょっと相談したいことがあるんです」

『ああ、かまわないが』

そしてこよりはたった今、春日から聞いた話を楸に伝えた。

ひとり暮らしの部屋の隣に、男が引っ越してきたこと。その男がどうやらストーカーのようだと言う話もだ。すると楸は『今晩、折鶴百貨店まで迎えに行こう』と言う。

『一度、現場を見せてもらいたい』

「え、い、いいんですか？」

『もちろん。きみの退勤時間は、十八時過ぎだったな。その友人は？』

「はるちゃんは百貨店の閉店まで勤務なので、二十時半頃が退勤時間です。あの、来てくださるなら、わたしは閉店時間まで近くのカフェで時間を潰すことにします」

『では、二十時十分には折鶴百貨店の社員通用口の前で待っていることにしよう』

二十時十分ですね、と言いながら目配せすると、春日は申し訳なさそうな会釈を見せた。

「お待ちしてますね。ところで楸さん、お昼ご飯は食べられました？」

中断させていたら申し訳ないと思い問えば、楸はまだだと言う。

『今はランニングの最中だ』

「お、お昼も走ってるんですか⁉」

聞けば楸は昼休憩の時間も大半をトレーニングにあてているらしく、ランチはたいがい一品、それもプロテインバーとかチキンとか卵とか、タンパク質を数分で平らげておしまいだという。

（いくらなんでも、偏りすぎだわ）

てっきり、職員食堂で定食でも食べているのだと思っていた。

まず、それだけでは午後の勤務中、お腹が減るだろう。明日から、やはりお弁当を作ろう。

そう決めて電話を切ると、春日がゆで卵の殻をカウンターの端で割るところだった。

勤務を終え、カフェで二時間を潰す間、こよりは角の席で壁を背に陣取っていた。

社食ならばまだいいが、面識のない人で埋め尽くされた場所では、誰にも背後を取られないようにするのが、一番の自己防衛術だ。もちろん、ポケットには合格守を入れて。

「申し訳ありません、なんか、無理にお願いしちゃって……」

社員通用口で楸の車に拾われると、春日は後部座席で頭を下げた。

「いや」と、楸はやはり言葉少なだ。

「あの、楸さん、状況はお話しした通りです。本当にストーカーだった場合、どう対処したらいいんですか？　引っ越しも、視野に入れるべきなんでしょうか」

こよりは助手席からそう話を振った。

楸は「右か？」などと春日に方向を尋ねてから、ハンドルを切りつつ言う。

「仕事場も割れているとなると、転職もセットになるだろう。専門の担当者をつけるから、その者からアドバイスを受けるといい」

はい、と答えた春日は、車が進むにつれて表情を硬くしていった。

春日がひとり暮らしをしているアパートは、折鶴百貨店から徒歩十分の住宅街にある。

一階に四部屋、二階に四部屋。春日の住まいは、二階の南から二番目だ。駅からは距離があるが、近くには公園もあり、のんびりした雰囲気だった。

「今は……隣の部屋の電気、消えてる。でも、いるかいないかはわからない。いつもああなんだ」

フロントガラス越しに春日が示したのは、ベランダ側から見て春日の部屋の右側、角部屋だった。

確かに、部屋の窓から光は漏れていない。洗濯物干しやハンガーなども出ておらず、カーテンさえなければまるで空き部屋だ。

「友人夫婦が遊びに来た体を装って、一時間ほど部屋で待機させてもらうのは可能か？」

「もちろんです。お願いします」

春日の返答を受け、沿道に車を停めると、こよりは楸とともに春日の部屋へ向かった。

「おじゃましまーす」

最初に目に入ったのは、様々な色、形、長さのデニムパンツだった。ハンガーラックにずらりと掛けてあって、まるでショップのよう。春日いわく、実家にも何箱か保管してあって、ここにあるのはごく一部らしい。こよりはあ、と感嘆のため息をついた。

「はるちゃん、着々と準備してるんだね、ヴィンテージデニムのショップ開店」

「まあね。二年以内には始めようかなって思ってるんだ」

「えっ、すごい！」

盛り上がるふたりをよそに、楸は壁に張り付くような格好で右隣の部屋を警戒している。ドラマの中で見るような、いかにも警察官らしい格好だ。

気にはなるが、指摘したら、それを隣室の男に聞かれるかもしれない。春日と目配せしあって、あえてなんでもないふうに会話を続けた。

「いいなあ、ひとり暮らし。わたしもしてみたかったなぁ」

「そう？　いつでも遊びに来なよ。学生時代みたいに、真夜中まで話したりしたいし。高校時代は放課後毎日一緒だったのに、大学が別れてから距離ができて、職場じゃ、タイミングが悪けりゃ一週間とか会わないもんな」

うん？　と、そこで楸が壁から離れ、気づいたように春日の顔を見た。

「もしかしてきみ、七年前の子か」

「あ、はい！　そうです、高丘春日です。その節は、ありがとうございました」

「いや、すまない。化粧の所為か、学生の頃と面影が重ならなかった。元気だったか」

「はい」と春日が答えたときだ。

ベランダから、ガタガタッと物音がした。

こよりは硬直する。予想外の音に、いつものあの息苦しさが襲ってくる。慌てて、ポケットの合格守を握る。と、同じタイミングで春日は弾かれたように楸の胸へと飛び込んでいた。

「大丈夫だ」

一歩向こうで聞こえる、低い声。

別の人の肩を抱く、たくましい右腕に、こよりはぎくりとした。

(やだ、わたし、なんで)

楸は春日を助けるためにここにいて、春日を庇うのは当然だ。わかっている。それなのに、楸の胸に収まる春日を見ていると、とにかく嫌な気分になる。

「……ふたりとも、下がっていてくれ」

落ち着いた様子で、楸はベランダに注意をやったまま、春日をこよりの傍らに座らせた。

力強い腕は去り際に、こよりの肩をポンと叩く。

気遣ってくれたのだと、はっきりわかった。

「こ、こより……っ」

泣き出しそうな顔で、春日が抱きついてくる。こんなに弱気な春日を見るのは初めてだ。

しっかりしなくては。こよりは春日の肩を抱き返し、背中をさすって「大丈夫だよ」と囁いた。嫌な気分になどなっている場合ではない。今は春日のことを一番に考えるべきだ。

「大丈夫。楸さんがいるんだから」

しかし直後、バタン！　とデニムのラックが揺れる。楸の肘が、ラックのポールにあたってしまったのだ。「ひいっ」とこよりの腕の中で、春日が高い悲鳴を上げる。

「すまない！」

楸は詫びたが、春日はもはや涙目だ。

「春日ちゃん、落ち着いて」

と、こよりが穏やかに語りかけたときだ。

今度は隣の部屋の中で、ごとっと何かが動いた。間髪いれず玄関が開いた気配がし、直後に春日の部屋の扉がどんどんと、繰り返し叩かれる。

(隣の人、訪ねてきた……！)

春日に寄り添い、震えるその肩を抱きながら、こよりも動けなかった。

何が起こるのだろう。顔を合わせたら、どうなってしまうだろう。

「ふたりは動くな」

楸は素早く部屋を横切り、玄関へと向かう。

覗《のぞ》き穴から身を隠すように屈《かが》み、扉の内側に張り付く姿はよく訓練された兵士のようだ。

ノックの音が途切れたのを見計らって、勢いよく扉が開かれる。

瞬間、無言で、黒っぽいものが飛び込んできた。

「悲鳴が聞こえたけど、大丈夫か⁉」

焦ったような男の声。隣人の男だろう。

素早く楸が阻んでも、彼はそれを突破して部屋に入り込もうとした。黒いパーカーのフードを被っていて顔は見えないが、体格が抜群にいい。楸にも引けを取らないほどだ。

しかし不思議なのはふたりとも、攻撃ではなく相手の動きを制しようとしているところだった。激しく取っ組み合っているのに、何故だか殴り合いには発展しないのだ。

楸の足払いにより、男が左にバランスを崩す。

倒れはしなかったが、はらりと、フードが脱げ落ちる。

春日が言っていたように髭面の、若い男だった。甘い顔立ちで、ボサボサ頭でも端正だとわかる。しかし、どこかで見覚えがあるような……。

こよりが眉をひそめたときだ。

「あ、兄貴ぃ⁉」

パーカー男が、素っ頓狂な声を上げる。

と、楸ははっとしたように男から手を離した。

「柏……」

柏──ああ！　とこよりは頭の中で膝を打った。

楸の三歳年下の弟、柏だ。結婚が決まってから、家族同士の食事会で一度会っている。

「なんで兄貴が春日ちゃんの部屋にいるんだよっ」

「それはこっちの台詞だ。いや……おまえ、もしかして張り込みか」

「そうだよ。特殊詐欺の犯人グループが近くに潜伏してってさ。窓からサーモカメラで見張ってんの。で、兄貴は？　もしかして浮気──」

「そんなはずがあるか」

ぽんぽんと言い合う兄弟を前に、こよりは驚いたきり頭の整理ができなかった。

柏がどうしてここに。いや、隣の部屋からやってきたのが、柏？

茫然としているこよりの腕の中、春日がそろりと緊張を解く。安全だと理解したのだろう。兄弟の様子を、体を傾けて覗き込む。と、柏がこよりに気づき「あっ」と声を上げた。

「お義姉《ねえ》さんじゃん！　ってことは、お義姉さんと春日ちゃん、知り合い？」

「はい……」と答えた声が、腑抜《ふぬ》けてしまう。

「柏さんこそ……、じゃ、じゃあ、柏さんだったんですか。春日ちゃんの隣の部屋に引っ越してきた、ストーカーまがいの不審者って……、あ」

しまった。不審者呼ばわりしてしまった。

焦って口もとを押さえたが、時すでに遅しだ。

「そっかぁ、俺、不審がられてたか……」

「す、すみません。あの、待ち伏せされたって聞いたから、てっきり」

「それはさ、捜査の一環というか。まあ、あるあるだよね。張り込み中に不審者扱いで通報されるの。今回はとくに、犯人グループに不審がられないように、警察手帳も出さなかったし」

柏はがっくりと肩を落とす。

家族顔合わせの席で会った柏とは、まるで別人だ。あのときの柏はにこやかにしつつも物静かで、特に会話をした覚えもなく……楸の弟として「らしい」としか思わなかった。

「あれか、お店で会ったってもあるか。確かに不審者だわ、俺」

聞けば、折鶴百貨店の売り場で会ったというのは本当に偶然らしい。春日のボーイッシュな姿をとても好ましいと思って見ていたから、偶然の再会が嬉しかったとか。

楸は捕物劇で乱れてしまった玄関を直しつつ、春日に「すまない」と詫びた。

「察しただろうが、私の弟だ。組織犯罪対策課にいる」

「改めまして、綾坂柏です。よろしくね、高丘春日ちゃん」

人懐っこそうな笑顔で右手を差し出す仕草は、やはり初対面の彼とは印象がちがう。ノリのいいナンパな人といったふうで、警察官だというのも信じられないほど。

春日もまた、まだ半信半疑の顔をしている。

「刑事さん……だったんですね」

「うん。怖がらせてごめん。まだしばらくここにいるけど、もう声は掛けないから。できれば、俺が刑事だって話は周りの人に黙っていてくれないかな」

「……わかりました」

頷きながらも、春日は柏の手を取らない。それで柏は差し出した手を行き場がないふうに引っ込めながら、首の後ろを反対の手でさすった。

「それで、その……折鶴百貨店の売り場には、また寄ってもいいかなぁ？」

「おい」

楸が割り込む。厚かましいとでも思ったのだろう。もう一度、春日に「すまない」と詫びつつ、肘で柏のみぞおちを軽く打った。うっ、と一瞬、柏が前屈《まえかが》みになる。

「いい加減にしろ。一般市民にこれ以上迷惑をかけるな」

「えー……。でも春日ちゃん、可愛いし」

直後、柏の脳天には兄の天誅《てんちゅう》が降る。初めて目にする、楸の怒り顔だった。といっても眉根をわずかにひそめただけで、普段の無表情とさほど変わりはなかったが。

いってぇ、と柏が反撃しようとすると、下の部屋から「うるさいぞ！」と怒鳴り声が響く。大急ぎで詫びに行き、すぐさま帰路についたことは言うまでもない。


「楸さん、今日は本当にありがとうございました」

帰りの車の中、助手席からこよりは小さく頭を下げる。

「隣室の男性が柏さんでびっくりしましたけど、本物の不審者じゃなくてよかったです」

やってきたとき、やけに剣呑《けんのん》そうに見えた夜景は今、どことなく取り澄ましたふうだ。冴《さ》え冴《ざ》えとしたテールランプの連なりが、目の前にあるのに作りもののよう。

「柏が迷惑をかけてすまなかったと、もう一度高丘さんに詫びておいてほしい」

「わかりました。けど、そんなに楸さんが気にしないでください。柏さんもお仕事だったわけですし。仕方ないって、はるちゃんもわかってると思います」

言いながら、こよりは視線を落とす。ギアの上には、楸の左手。ごつごつした手首と筋肉のしっかりついた腕が、対向車のライトにぱらぱらと照らし出されている。

頭をよぎるのは、その腕の中に春日が守られていた瞬間のこと。

（気にしちゃだめだ。だって楸さんは警察官として、はるちゃんを守ってくれた）

頭ではわかっている。感謝もしている。それでも、何度も思い出してしまう。理屈ではどうしようもないものが、勝手に胸を締め付けてきて、苦しい。

というのも――。

あの瞬間、気づかされてしまった。

妻にはなったが、特別家事を頑張っているわけでもなければ、警察官としての楸を支えている実感もない。春日と同じく、その腕の中で守られているだけ。

自分だけが特別、楸に必要とされるべき存在ではないのだと。

「それにしても」

すると、楸は思い出したように言う。

「高丘さんが、きちんと不審がってくれてよかった」

普段どおりの口調に「どういうことですか？」と努めて普段どおりに返した。

「不審者を見掛けても放置するのが当たり前では、地域が荒れる。すこしの異変でも、敏感に察知して即座に通報してくれるのはありがたい」

「そう……なんですね」

「活気ある街づくりとか、防犯とか、いかに啓発活動を行っても実践は住民に委ねるしかない。我々だけではどうにもならない部分があるのは、わかっていても歯がゆいものだ」

それは、初めて知る警察官としての楸の信念だった。

「皆が皆、当事者意識を持ってくれたらいい。私は、ひとりでも多く、犯罪被害者を減らしたいと思っている。その環境を、整えていきたい。皆の意識を、変えていきたい。というのが、私のライフワークだ。気恥ずかしいから、普段はほとんど語らないんだが」

きみにだから明かすんだ、と言われているようで、こよりはゆるりと運転席を見た。

刹那、目が合って、それだけで通じ合うものを感じたら、思わず泣きそうになった。

(なんで、いつもお見通しなんだろう)

七年前、合格守をくれたとき。最初のデートで怖くなって、その合格守を探したときも。今だってそうだ。楸はことごとく、こよりの不安を取り除いて自信をくれる。

「尊敬してます。楸さんの、そういうところ」

本当は、好きだと言いたかった。

いつの間にこんなに好きになってしまっていたのか、自分でも戸惑うほど。七年前よりずっと、楸でなければならないと思う。

だが、今のままでは伝えられないとも、思う。

衝動に任せて失敗したくないから……ではない。最初に告白した学生の頃と、自分が何も変わっていないから。社会人になったのに。妻として、手に届く場所にいる今なら、できることがもっとあるはずなのに——楸のために。
車の速度が落ちるとともに、赤信号の光がぼんやりと車内を照らし出す。
ビルがぎざぎざに切り抜いた夜空を見上げ、こよりは本当の意味で変わろうと決めた。

6 やきもちを焼かれて!?

それからというもの、こよりは毎朝、お弁当をふたりぶん作るようになった。

「今日は、鶏のささみの根菜巻きです。お義母《かあ》さまにレシピを教わったので、ご実家の味ですよ。あと、味付け卵とお豆腐のグラタンでタンパク質多めに。お口に合うといいんですけど」

こよりは意気込んだが、楸は紺色の包みを受け取りながら、複雑そうにする。

「……ありがたいが、申し訳ない。私のために、実家と連絡まで取ってくれたとは」

「そんな、申し訳ないのはこちらですよ。お義母さま、丁寧に動画まで撮ってくださって、今度、お料理を教わりに行く約束までしてくださったんです」

「いや、それこそきみが面倒だろう。そこまでしなくてもいい」

「しますよ！　だって、わたしにできるのはこれくらいですもん」

タンブラーにアイスコーヒーを詰めたものも、続けて差し出す。

そうだ。あの晩、こよりは誓ったのだ。楸のためにできることはなんでもしよう、と。

お弁当箱もタンブラーも、夫婦お揃いの色違いだ。折鶴百貨店内で、社割を使って買ってきた。楸に相談すれば「必要ない」と言われるのは目に見えていたから、事後承諾だ。

本当は、お弁当だけでなく、もっと楸の役に立つことがしたい。

だが楸は、任務に関わる話は家庭でほとんどしない。守秘義務があるのだから当然だ。たとえ、明かされたところで、こよりには手の出しようもないし、役に立てるとも思えないのだが。

(何か、ほかにないのかな。わたしが、楸さんのためにできること)

すると、弁当とタンブラーを鞄に収めて、楸が言う。

「そういえば、柏が例の任務を終えたそうだ」

同じく弁当を通勤鞄に入れようとしていたこよりは、思わず目を丸くする。

「えっ、じゃあ、詐欺グループは逮捕されたんですね！　すごい！　よかった……」

つまり、春日がひとりで暮らしているアパート周辺の治安も、よくなったということだ。

「お手柄ですね、柏さん」

「ああ。摘発の際は先陣を切ったそうだ。柏は犯罪捜査を希望して警察組織に入ったから、本望だっただろう。今度、打ち上げでもしようと誘われている。きみもどうだ？」

「わたしも？　いいんですか？　警察官の皆さんの集まりなのでは」

「いや。検挙後恒例、兄弟での打ち上げだ」

喜ばしげな声に、こよりは先日の夜の出来事を思い出す。楸と柏は明らかに正反対の性格で、あまり馬が合うようには見えなかったが……恒例ということは、実は仲良しなのだろうか。

「わたし、参加してもお邪魔じゃないですか？」

「ぜひに、と柏も言っていた。高丘さんも誘いたいそうだ」

「はるちゃんも？」

どういうことだろう。その後、隣室同士で親しくなったのだろうか。だが、春日からそんな話は聞いていない。それこそ、四人で食事できるなら、そのときに尋ねてみようか。

ぜひ参加させてください、とこよりは答えようとして、思いついた。

「それなら、柏さんとはるちゃんをここに呼んでお食事会しませんか？」

「ここに？」

「はいっ。お酒もお料理も、自宅で用意すれば外に行くより安上がりですし、時間も気にせずにいられます。お口に合うものができるように、頑張りますから」

「いや、だが」

「やりたいんです。やらせてください」

楸のためにできることを、もうひとつ見つけた気がして、嬉しかった。

楸はなおも遠慮しようとしたが、一回だけでも、とこよりが食い下がりに食い下がって、やがて根負けした。わかった、と言って出勤の荷物をまとめ、玄関へ向かう。

「柏には連絡しておく。週末でいいか？」

「はい！　じゃあ、はるちゃんにも伝えておきますね」

革靴を履いた楸は、ネクタイを整えながら思い出したように振り返る。

ふいに見下ろされて、こよりはどきっとした。楸が、顔を近づけてきたからだ。もしかして、いってきますのキス……期待してこよりは瞼《まぶた》を伏せかけたが、楸は十五センチほど手前で、はっとしたように動きを止めた。我に返ったように、顎を引く。

そしてくるりと背を向け「行ってくる」と出て行ってしまった。

「い、いってらっしゃい！」

慌てて送り出し、玄関が閉まったところで、空気の抜けた風船のようにしゃがみ込む。

「……はぁ……」

出勤前にキスなど、楸がするはずがなかった。今まで一度だって、そんな雰囲気になったことはない。だが、唇が重なっていたらと想像するだけで、幸福感で全身が破裂しそうになる。

(……二度目は、いつするんだろう……)

初夜以来触れられていない首すじを撫で、こよりはもう一度、はあっと息を吐く。持て余してやりどころのない甘さを、空気に溶かしてどうにか冷静になろうとする。

次の土曜日の晩だ。

「こんばんは。先日はご迷惑をおかけしましてっ」

楸の弟――柏は、スパークリングワインのボトルを片手にマンションを訪ねてきた。

市松模様のTシャツに、黒革のパンツ。こよりには思いもつかない組み合わせだが、楸に引けを取らない堂々とした体格で、なおかつアイドル顔の柏が着ると、すんなり似合う。

そして胸もとにシルバーのネックレスを光らせながら、柏はこよりを見下ろして言った。

「あれっ? お義姉さん、趣味変わった?」

驚いてしまう。

というのもこよりは、レモンイエローのシャツワンピースを身につけていた。昨日、仕事帰りに駅前のアパレル店で見つけて、今夜のために購入したのだ。

普段、モノトーンの服ばかり着ているこよりには、思い切ったセレクトだった。が、二度しか会ったことのない柏から、それを指摘されるのは予想外だった。

「よく気付きましたね」

「そりゃ、ずいぶん印象違うから。俺、服とか好きだし」

「そうなんですね。あ、服と言えば……ごめんなさい、はるちゃん、急遽《きゅうきょ》出張になっちゃって、今日、来られないんです」

そうなのだ。出席予定だった春日は、今朝、出勤直後に旅立った。関西方面でスタッフを確保できない店があり、応援として向かったのだ。本当にごめん、とメッセージが送られてきた。

「柏さんによろしくって言ってました。またの機会にって」

「マジで⁉　今夜会えないのは残念だけど、望みあり？　俺、期待していいのかな」

「期待、ですか……？」

「いやいや、こっちの話。うん。ワンピース、すげー似合ってるよ、お義姉さん。華やかでかわいい」

「あ、ありがとうございます！」

かわいい、楸もそう思ってくれているだろうか。ばたばたしていて、今まで尋ねる時間もなかったが、あとでこっそり聞いてみたい。

肩を竦めてはにかんだら、水色の大きな背中が目の前に割り込んだ。

「早く上がれ。いつまで玄関にいるつもりだ」

楸だ。低い声には、何故だか不快感が滲んでいる。

「あ、ごめん。え、ていうか兄貴、俺、こないだから気になってたんだけど、めっちゃ喋ってない？　俺には『ああ』しか言わないのに、お義姉さんの前だと調子よくない？」

「帰れ」

「あっ、待って。締め出さないで、オニーチャン！」

小突き合いながらリビングダイニングへ移動するさまが、微笑《ほほえ》ましい。

（楸さん、弟さんの前だと、ちょっと子供っぽくなるような……？）

春日の部屋でも感じたことだが、ふたりとも、両家顔合わせのときとはテンションがちがう。あのときはきっと、よそ行きの顔をして抑えていたのだろう。普段は、これが当たり前なのだ。

ひとりっ子のこよりには、血の繋がったきょうだいも、ましてや男きょうだいなんて未知の世界で、じゃれ合うふたりの姿がやけに自然に感じられたら、素直に羨ましいとも思えた。

「さて、かんぱーいっ」

席につくと、まずは柏が持ってきたスパークリングワインでグラスを合わせた。

テーブルの上に並ぶのは、ローストチキンにパエリア、カプレーゼにビーフシチュー……昨日から下拵《したごしら》えをし、一日かけて調理した力作だ。ひとりで準備しようと思っていたのだが、楸が手伝ってくれたので、さほど手間取ることもなく完成できた。

「あー、SNSでもやってれば自慢するんだけどな。兄貴んちで、すんごいごちそういただいてますって」

「SNS、しないんですか、柏さん。使いこなしてそうなのに」

「いやー、警官は暗黙の了解で、ほとんど誰もやらないんだよね。やれるものならやりたいんだけどさ。ダンス動画上げたりとか。あ、手錠のAMSRとかっ？」

「そうやって不謹慎な行為をひけらかす者がいるから、暗黙の了解ができたんだろう」

楸の明るさのおかげで、食卓は華やいだ。

楸も柏と競うように、様々な話をしてくれた。警察官の仕事について。兄弟で打ち上げをする際、どんな店へ行くのか。どんな話をするのか……。

そうするうちに、酔いが回ってきたのだろう。柏は頬杖《ほおづえ》をついて、言った。

「兄貴、今はこうだけど、最初は無口だったでしょ。退屈だなーとか思わなかった？」

前歯を見せながら、なんだかいたずらっぽい顔だ。

「おい」と楸が止めに入ったが、こよりはフォークを置き「いえ」と答えた。

「その……楸さんの沈黙って、不思議と心地いいんです」

「心地いい？」

「はい。楸さんが持つしんとした厳かな空気、わたし、とても好きで」

「へえ、珍しい！　過去のお見合い相手はみんな、兄貴の無言に耐えきれなかったのに」

な、と柏はテーブルの向かいにいる楸に目配せをする。楸はやはり苦々しそうに「余計なことを言うな」と言ったが、グラスを置く仕草はわずかに照れて見えた。

そういえば、楸の聞いているところでこういう話をするのは初めてだ。

なんだか恥ずかしくなってきて、話題を変えることにした。

「あの、ずっと気になってたんですけど『お義姉さん』っていうの、やめません……？」

「ん？　気になる？　俺のほうが年上だから？」

「はい。なんだか申し訳なくて」

二十五のこよりに対し、柏は二十九。兄嫁として義姉と呼ばれるのは別に間違いではないのだが、四つも年下だというのがどうにも気になる。

柏は、こよりの言葉を受けてうんと唸《うな》った。

そして「じゃあ、こよりちゃん？」と首を傾《かし》げた。

「フランクすぎるかなあ」

「いえ！　それでお願いします」

それなら春日へのちゃん呼びと同じだし、より柏らしいとも思う。

こよりは納得してうなずいたが、途端、ガタン！　とダイニングテーブルが揺れた。

楸が脚を組み損ねたのだ。一瞬、彼の表情がとてつもなく不機嫌に見えたが、見間違いだろうとこよりは思う。今、楸が機嫌を損ねる理由はないはずだ。

「大丈夫ですか？」と尋ねれば、ああ、と取り繕ったような答えが返された。

それ以上、何を言ったらいいのかもわからず、不自然な空気は消えない。

「へー」

柏が鬼の首を取ったように、得意げにしているのも謎だった。

「なるほどねえ。あの兄貴がねえ――『こよりちゃん』」

「はい？」

こよりが返事をするのと同時に、今度は楸がドン！　とシャンパングラスを置く。

「ひ、楸さん、割れちゃいますよ！」

「ああ、悪い」

楸の声は、どことなく機械的だった。口もとだけで、ひとまず詫びたというような。よく見れば、グラスの細い脚を持つ指が震えている。やはり怒っている？

理由に心当たりはないが、今にも手の中のものをへし折ってしまいそうな仕草に、こよりは一気に焦る。

「あ、えと……その」

空気を変えなければ。

そうだ、何か別の話題を。

「不思議ですよね。七年前はまさか『綾坂警部補』や弟さんと、三人でこうしてお酒を飲む日が来るなんて、想像もしていませんでした」

するると柏が目を丸くして、テーブルに身を乗り出した。

「七年前って……こよりちゃん、そんなに前から兄貴と知り合いだったの⁉」

「はい。楸さん、わたしが高校生の頃にひったくり被害に遭ったのを、助けてくださったんです。もしかして柏さん、ご存じなかったですか」

「ご存じも何も初耳だよ！　高校生って……」

柏の声が裏返るのを聞いて、言わなくてもいいことを言ったかもしれないと思う。聞かれてまずい話ではないが、楸が話してもいないことを、こよりが話すべきではなかった。

KOYORI Chan

すみませんと、こよりは楸に詫びようとする。

しかし唇を開いたときには、柏が楸に迫っていた。

「じゃあ兄貴、それからずっとこよりちゃんに目をつけてたんだな⁉ 警察官の身で、未成年にツバつけるとか、失望したぞっ。たしかにこよりちゃんは素朴な感じで可愛いけど！ お嫁さんにしたいと思う気持ちもわかるけどっ」

どうやら柏は脳をフル回転させて、悪い方向に想像を膨らませているらしかった。

「こよりちゃんは知ってたの？ 兄貴に目をつけられてるって」

「え、いえ、その」

「もしかして隠れて付き合ってた？ こよりちゃん、兄貴に無理強いとかされてないよね？ こよりちゃんは真面目そうだから、こよりちゃんのほうからってことはないだろうけど、でもこよりちゃん、こよりちゃんは――」

瞬間、楸のほうからばきっと小枝が割れたような音がする。まさか本当にシャンパングラスの脚をへし折ってしまったのではと、慌てて振り返ったがそうではなかった。

楸はテーブルに両肘をつき、右手で左手の甲を握っている。手首を鳴らしたのだ。続けて、指がぱきっと鳴らされる。目もとには、前髪が落とした濃い影。

誤解されたのがよほど腹に据えかねたのだろう、とこよりは思う。

なにしろ楸は、高校生のこよりが告白しても取り合わなかった。大人として警官としてあるべき態度を貫いたのに、責められては頭にくるのも当然だ。

訂正しなくては。

「あの、えっと、誤解ですっ。わたしは過去に楸さんに振られてますし、それ以来七年間、顔を合わせるどころか連絡ひとつ取っていませんでしたし……だ、だから」

懸命に説明しようとすればするほど、焦って舌がもつれる。自分の所為で、兄弟喧嘩《げんか》が始まってしまったらと思うと、申し訳なくてたまらなかった。

「ひ、楸さんは悪くないんです！」

「そんな、庇わなくていいよ、こよりちゃん」

「でも、本当に楸さんは潔白で」

「優しいねえ、こよりちゃん。いっそ、兄貴なんてやめて俺にしない？　なーんて……」

へらっと柏が笑った途端、足もとでドンと地響きがした。何が起こったのか、こよりにはわからなかった。地震か、噴火か、あるいは——と、柏がみるみるうずくまり、右足の甲を両手で押さえた。同時に、楸が立ち上がる。

「そろそろ帰れ」

「っ……兄貴、思いっきりやりやがったな……っ」

「当然の報いだ。調子に乗って何度も呼んで、わかってて俺を煽《あお》ったんだろう」

楸の言葉の意味は、こよりにはやはりわからない。

そうするうち、楸は柏の後ろに回り込み、首根っこを掴まえて椅子から引きずり下ろした。うっ、と柏は唸ったが、お構いなしだ。容赦なく玄関まで引《ひ》きずっていくと、迫力の無表情で言った。

「言っておくが、俺が見合いを考えた時点では、彼女が当時の女子高生だとは知らなかった。どこの誰かもわからなかった。折鶴百貨店の社員らしい、ということだけしか」

こよりはふたりの後ろで、目を丸くした。

それこそ初耳だ。

防犯セミナーのときに見かけたという話は、以前、聞いた。あれは、こよりだとわかったという意味ではなかったわけで……つまり、どういうことだろう。

酔いは覚めかけていたが、完全にしらふではないので、頭がそれ以上働かなかった。

「今日はすまなかったな。後片付けは私がやろう」

楸がテーブルの上を片付け始めたので、こよりはすぐ側でそれを手伝いつつ、楸の様子をうかがっていた。いつもの無表情に見えるが、まだ怒っているのか、もう怒っていないのか――。

「……何か、私の顔についているか？」

するると、楸が頬を撫でながら横目を向けてくる。

「あ、いえっ。その、謝りたくて。妙な誤解を生んでしまって、すみませんでした」

テーブルの向かいで小さくなって詫びると「いや」と楸は息を吐いた。

「ことごとく弟が迷惑をかけてすまない。あれの話には耳を傾けなくていい」

「いえ、そんな。今回はわたしが悪かったんです。今度、改めて柏さんにお会いして、話してみますね。楸さんとわたしの間に、やましいところはありませんって」

そのくらいはさせてもらわないと、申し訳なくて楸に合わせる顔がない。良かれと思って今日、自宅での食事会を提案したのに、これでは本末転倒だ。巻き込まれた形の柏も不《ふ》憫《びん》だと思う。

（このままじゃわたし、妻として全然役に立ってない）

すると、キッチンに入ろうとしたところで、背後から太い腕に阻まれた。腰を抱かれ、つむじに頬を擦《こす》り付《つ》けられて、ぴくっと肩が跳ねる。

「そこまでしなくていい」

「でも、楸さんが誤解されたままでいるのは、わたしも嫌ですし。ほら、お義母さんに料理を教わる予定があるって話したじゃないですか。そのときに、ついでに話してきます」

「ついででも嫌だ」

嫌だ、などと子供じみた言い方をする楸は初めてだ。声もなんだか不貞腐《ふてくさ》れて聞こえて、こよりは掴もうとしていたスパークリングワインのボトルから手を離す。

どうしたのだろう。

「楸さん……？」

そうして振り返ろうとしたが、腰に回された腕にぐっと力を込められ、阻止された。

「こっちを向くな」

はあ、と髪越しに降ってきた熱っぽい吐息に、脈がみるみる暴れ出す。

「ど……どうしてですか」

「俺は今、冷静じゃない。腕の中で見上げられたら、離してやれなくなる」

どんな意味で離せないと言われているのか、切なげな声から察するのは難しくなかった。

どきっとして、視線が定められなくなる。リビングダイニングにはまだ、柏の気配が残っている。完全にふたりきりにはなれていない気分だ。

なんとなく、後ろめたいような――。

しかし次の瞬間、頭の後ろから押し付けられた唇があまりにも情熱的だった。

本当は振り向いて欲しいのだと言われているようで、吸い寄せられるように、こよりは上半身だけで背後を顧みた。途端、待ち構えていた唇に囚われる。

「ん……」

軽い口づけののち、運ばれたのはベッドルームではなかった。リビングの真ん中、ふたりで選んだ三人がけのソファにそっと寝かされる。

「楸さん、こ、ここで、ですか？」

「不安定なほうが、没頭しすぎなくていい」

言って、楸はばさりとワイシャツを脱ぎ捨てる。

リビングには、レースカーテン越しに冴え冴えとした月光が降り注いでいる。割れた腹筋が浮かび上がって見えたのは、一瞬だけだ。

次の瞬間には覆い被さられ、首すじに唇を這《は》わされていた。

「……」

ワンピースの前ボタンは腰の高さまで外され、はだけたキャミソールの裾から、ブラに押し出された乳房がふたつ、露出している。ストッキングとショーツは、左足の先に引っかかったまま。楸が腰を揺らせば、一緒になってゆらゆらと揺れた。

「ん、ぁあっ、ひ、楸さ、んっ」

楸の言うとおり、ソファはベッドよりずっと安定感を欠いた。

仰向けのこよりの上、楸は背もたれを左手で押さえて腰を振っているのだが、その右脚は床にあり、ベッドの上にいるようにうまくスプリングを使えてはいない。

加えて、やや斜めに屹立《きつりつ》が埋められているのもよくない。

こよりは右の内壁ばかり執拗に擦られ、もどかしくてたまらなかった。

「ひぁ、あ、っ……そこ、ばっかり……ぃ」

できればもっと、深い場所を探られたい。

そう願わずにいられないのは、ぴったりと収められればどれほど快いのかを、こよりが知っているからだ。腰をくねらせて位置を変えようとすれば、体を屈めて右胸に吸い付かれた。

「あ、っヤ、これ以上、気持ちよくなっちゃったら……ぁっ」

弾けてしまう。

そうしたらよがっている間に、そのうち座面から落ちそうで怖い。

咄嗟に楸の首に抱きついたら、抱き起こされ、ソファに浅く腰掛けさせられた。太ももを左右に開かれると、床に膝立ちになった楸のものが、深々と入り込んでいるのが明らかになる。

「っ……あ……！」

まるで、こよりのほうからむしゃぶりついているようだ。

入口がひくついているのも恥ずかしく、目を伏せる。と、楸はあろうことがこよりの膝の下に腕を入れて太ももを抱え、こよりの体を持ち上げてしまった。

「ひぁ……っ、や、怖……！」

お尻がソファから浮いて、こよりは必死で楸の肩にしがみつく。

手を離されたら、ソファどころか床に、それもお尻から落ちそうで怖い。しかし楸は余裕の声で、大丈夫だと言う。

「ゆっくり、手を離して。楽にしていい」

「で、でも」

「私が、きみを落とすと思うか？」

穏やかな問いかけに、こよりは小さく首を左右に振った。

素直に手の力を抜き、楸の胸に頭を預ける。

確かに、こよりが懸命になってしがみつかなくても、楸の腕は揺るがない。腰をすこし突き出してくれているおかげで、ソファのふちよりわずかに安定感があるほどだった。

「ど、どうしたら、いいですか」

空中で深々と屹立を咥《くわ》えさせられたまま、こよりはおずおず尋ねる。

「わたし、その」

身動きが取れない。

戸惑うこよりを担いだまま、楸は難なく立ち上がる。

「きみは、感じることだけ考えていればいい」

そして、あろうことか歩き出した。

一歩一歩、楸が踏み出すたび、中のものがわずかに擦れる。奥の壁にもとん、とん、といつもよりスローな振動が伝わり、こよりは声を漏らしながら震えた。

「あ、あ、もう……っ、おかしくなっちゃ……う、ぅ、ぁっ」

窓辺で立ち止まっても、楸は腕の力を緩めない。

それどころかよりいっそうしっかりとこよりを抱え、上下に揺さぶってくる。空中でぐいぐいと奥を突かれ、浮遊感とないまぜの快感に、あっという間に呑まれた。

「やぁ、あっ……あ、っあ！　きゃぁ、っあ、あ、あ、っもちい……っきもちぃ……！」

「全部預けてくれ、私に……私だけに」

「あ、あ、きちゃっ……てるっ……いま、いっぱい気持ちいい……からぁ、あっ」

びくびくと足先を跳ね上げ、腰を震わせてこよりはキスをねだった。

不安定な体勢だからこそ、楸の存在を感じて安心したかった。

軽く触れたものの、すぐに離れていく唇を追いかけ、夢中になって口づける。ちゅ、ちゅ、と下唇を吸い、舌を差し出せば、壁に背中を押し付けられ、口内に押し入られた。

なまめかしい音が、唇からも、接続部からも溢れてくる。

「ん、んっ」

口の中と内側の襞、両方をとろとろにされる感覚に、こよりはうっとりと吐息を漏らす。

(溢れちゃってる……わたしのが、楸さんの根もとに垂れちゃってるの、わかる)

だが、いけない、という意識はもう働かなかった。

ぐちぐちと屹立を揺らされ、奥を先端で撫で回され、こよりはもう一度弾けたらしい。

「っ……あ、また、いいのぉ……いい……」

腰をゆらゆらと動かしながら上半身を胸板に預ければ、楸は再びソファへ戻った。

座面に深く腰掛け、こよりを腿《もも》にまたがらせる。こよりはまだ絶頂のさなかにあって、恍惚《こうこつ》と胸の膨らみを揺らしていた。

「あっ、ぁ……っは……」

次第に緩慢になる動きを支え、楸はこよりの髪を撫でる。

毛先までゆっくりと指先で梳《す》き、わずかに手の中に残った毛束を唇に寄せ、囁く。

「……こより」

ひたひたの快感の中で朦朧《もうろう》としながらも、肩が震えるほどどきりとした。

「こより」

慎重に、大切に、楸は初めてその名を口にした。

ひたすらまっすぐ、意味のある重さで届く響きに、こよりは泣きそうになった。

(呼ばれただけで、こんなに胸がいっぱいになるの、初めてだ……)

楸さん、と呼び返して、頼りない腕で彼の首に抱きつく。

鍛練の賜物《たまもの》であるたくましい肩に、ことんと頭を預ける。

そして楸はこよりの好む場所を探すように、ゆっくりと時間をかけて内側をまさぐった。

こよりの腰を軽々と持ち上げ、上下左右に襞を撫でたかと思うと、執拗に一箇所を擦りもする。また、両胸を手の中に収め、先端だけを舐めてはしゃぶり、尖《とが》らせては見せつけて……。

「……ッ」

内側にしぶく熱を感じたのは、右胸にめちゃくちゃにむしゃぶりつかれているときだ。雄のものが、かすかに震えている。みるみる、欲の発露が中で広がる。すこしも逃したくなくて、こよりは前に腰を突き出し、限界までぐいぐいと接続部を押し付けた。割れ目の間の粒が擦れ、思わずひくつかせた襞が、吐き出されたものをより奥へと運ぶ。

「っも……っと……もっと、ほしいです……楸さ……っ」

これは、これだけは、思い込みでも理想でもなく、自分にしか得られないものだ。

そう思うから余計に、一度では足りなかった。

「ください……お願い……」

濡れた目で訴えると、彼の唇はこよりの左胸の先端を捕らえた。ちゅ、とそれを吸う仕草からも、膨らみを捏ねる手からも、情熱はすこしも消え去っていない。

押し付けていた腰を揺らすと、待て、と一度止められたが、我慢できずに揺らし続けていたら、ふたたびソファに押し倒され、真夜中まで抱き続けられる羽目になった。

「……こより……」

夢うつつでも、額に口づける幸福な温かさをはっきりと覚えている。

繰り返し呼ぶ声には独占欲が滲んでいて、まるで奪われたものを取り返そうとしているかのようだ。幸福感にたゆたいながら、こよりは好きだなあ、としみじみ思った。

一昨日より昨日、昨日より今日、明日はもっと好きになる。

そう確信している。

7　彼の実家にて

花火大会という、管轄の署が一年でもっとも嫌がるイベントが終了し、次に応援要請があるのは駅伝かシティマラソンか、と想像しながら楸は部下の報告書に目を通す。

(……無難な内容ばかりだな)

悪くはないのだが、もっと情熱を傾けてほしい、と思わざるを得ない。

時代遅れだろうか。情熱は現場に任せ、そつなくこなすことだけを念頭に置くべきか？

そこでタンブラーの中のコーヒーが空になっていることに気づき、楸は席を立った。もうすぐ昼食の時間だ。給湯室が混み合う前にコーヒーを注《つ》ぎ足《た》そうと思ったのだが、先客がいた。

「はあ、疲れた。綾坂課長と同じフロアにいると、神経すり減る……閻魔大王《えんまだいおう》かよ」

自分の噂《うわさ》だ。年上の部下の声と察して、楸は立ち止まる。

「キャリアの癖に、なんで生安なんか来たんだろうな、閻魔」

「そりゃ、コネに決まってるだろ。父親は警視監、噂じゃ祖父も同じポストだったとか。親戚一同警察官らしいし、着任の時点で単なるキャリアとは格が違うんだよな」

「阿呆《あほう》。格が違うなら余計に、ウチの課になんか来るわけないんだよ。普通、希望するのは警務部だろ。署長経験者で警務部なんて、誰もが羨むエリートコースだからな。閻魔の父親も同じコースをたどったらしいし」

「じゃあ何、閻魔、一族の落ちこぼれってこと？」

「ちがうって。逆だよ、逆。知らないのか？　閻魔の噂。署長時代に裏金を告発したって。つまり……」

「無駄話はそこまでにしておけ」

立ち去ろうかとも思ったのだが、楸は給湯室前の壁をコンコンと叩いた。

案の定、彼らは楸の姿を認め、揃って青ざめる。

「あ、綾坂課長っ、も、申し訳ありません！」

「私に詫びている暇があるなら、市民のために働け」

「は、はいっ」

逃げ出す部下たちを背中で見送り、ため息ひとつ。楸はコーヒーサーバーに手を掛けた。

着任してからというもの、周囲の空気が張り詰めていることには気づいていた。もちろん、閻魔などと呼ばれ、恐れられていることもだ。

『どうして生活安全部なんですか？　綾坂さんなら、警務部にだって入れたんじゃ……』

あれは異動が決まった当初。親しくしていた後輩が、訝《いぶか》しげに言った台詞だった。

なにせ生活安全部の長の座は、数少ないノンキャリアの出世ポストだ。

そこにわざわざキャリアの身で乗り込んでいく楸は、ノンキャリアから出世の道を奪うも同然だ。疎ましいと感じる人間も、少なくはなかっただろう。

だが楸はそれでも、新たに胸に芽生えた信念を消せなかった。

『……っ』

今でも忘れられない。

七年前、救急車の中で恐怖と孤独に晒されて震えていた少女の姿。

そうだ。乙瀬こよりがひったくり被害に遭ったあの日、楸は初めて、キャリアに甘んじていた己のありようを呪った。

鮮血の滴る膝に、殴打されてみるみる腫れ上がる頬、全身を恐怖に震わせる彼女が、一生消えない傷を負ったことは言うまでもなかった。

なにが『正しさを貫き、傷ついた者には寄り添う』だ。

事件が起こってからでは遅すぎる。

事件を未然に防がなければ、正義など何の役にも立たない。

そして楸は、生活安全部への異動を希望した。

つまり、七年前のこよりとの出会いは、楸の人生をがらりと変えたのだ。

いや、変えたという意味では、再会後だってそうだ。

結婚になど大して興味もなく、見合いの席でも無愛想だった。一生独り身でもよかった。

けれど彼女だけは、逃がしたくないと思った。そう思える、唯一の出会いだった。

ふう、と息を吐き、楸はタンブラーにコーヒーを満たす。それから給湯室を出、デスクに戻ると、昼食の時間だった。今朝、こよりから手渡された弁当を広げる。

鮮やかな炒《い》り卵《たまご》とピーマンの炒《いた》め物、そして鶏そぼろが斜めに白飯を飾っている。

添えられた根菜の煮物も丁寧で、楸はしばし、肩の力を抜いた。

＊＊＊

『こよりさん、あれ、いつにする？　こないだ話した、アレ！』

楸の母親——義母から電話があったのは、週半ばだった。

アレ……考えて、料理を教わる約束のことだと思い至る。ちょうど、こちらから連絡し

ようと思っていたところだ
楸に伝えたところ、週末なら空いているから一緒に行こうと言う。

そんなことで土曜、こよりは楸とともに綾坂家の住まいを訪ねた。

「いらっしゃい、こよりさん！」

立派な門構えの一戸建てはモダンな造りで、新築のようだが、築三十年だ。きれいに刈られた芝生にも、手入れが行き届いたテラスにも、富める者の余裕が滲み出ている。

「お久しぶりです、お義母さん。これ、お土産です」

紙袋を差し出すこよりに「あらっ、やだ」と義母は嬉しそうにする。

「フルーツ大福！　ここの、大好きなのよ。どうしてわかったの？」

身長百七十センチ、かつてモデルだったという楸の母は、楸に通じる綺麗な顔立ちだ。

「ふふ。わたしも大好きなんです。実はこの和菓子屋さん、勤め先の百貨店のテナントさんでして。社割がきくので、必要なときはいつでも声を掛けて下さいね。今日は、よろしくお願いします」

「ああ、頭なんて下げないで。こよりさんには、うちの無愛想と結婚してもらえて本当に感謝してるんだから。さあさあ、上がって上がって」

リビングへ行くと、楸の父がベージュのポロシャツ姿でソファにいた。

新聞を読んでいたのだろうが、顔を上げて、いらっしゃいと微笑む。笑っていても重みのある存在感をすこしも損なわない、威厳ある笑顔だった。

「お義父《とう》さん、お休みのところ、お騒がせしてすみません」

「いや、どうせ家内が会いたがったんだろう。ずっと娘が欲しいと言っていたからな。すまんが、数時間だけ年寄りの我儘《わがまま》に付き合ってやってくれ。ああ、楸、おまえは上だ」

「上？　何かあるのか」

「箪笥《たんす》の移動を手伝って欲しい。柏は張り込みばかりで、まったくあてにならん」

父親に連れられて楸が二階へ行ってしまうと、義母はいたずらっぽく笑う。

「お料理の前にね、ちょっと見せたいものがあるのよ」

誘われるままリビングの奥へ行くと、小上がりの和室があった。ローテーブルの上には絵本のような冊子が重ねられていて、それぞれ金文字で何か記されている。学校名だ。

「卒業アルバムですか？」

「そうそう。楸のよ。ふふふ、見たくない？　あのむすっとした男の青臭い頃」

それは見たい。見たいに決まっている。

だが、楸のいないところで、楸の許可もなしにアルバムなど見てしまっていいものか。

こよりが迷っているうちに、義母はさっさとアルバムを紙のケースから取り出し、広げ始めてしまう。

「これは小学校の頃のアルバムね。昔はあの子、小さくてねぇ。あのまま背が伸びないんじゃないかと思ったりしたけど、中学校に入ったらいきなり伸びたのよね。一年に十五センチもよ」

「じゅ、十五センチもですか⁉」

「そう。制服がもれなく寸足らずになっちゃって、困ったのなんのってね。あ、いたわ。これ」

義母が指差したところを思わず覗き込むと、青い体操着姿の少年がいた。

サッカーのボールを手に、全身から潑剌《はつらつ》としたものを放っている。今よりずっと日に焼けていて、やんちゃな雰囲気もあるが、まっすぐな瞳はまさに楸だった。

「サッカー、習ってたんですか？」

「ええ。幼稚園にクラブチームがあったから、そこからね。でも、最初からあの子、ひとつのスポーツにこだわったり、のめり込んだりはしなかったのよね。柔道も剣道もやってたし、スイミングスクールにも通ったわ」

この頃からすでに、楸が運動をする目的は、体を鍛えるためだったのだろう。

鍛えた体で何をしたかったかと言えば、将来、警察官になること……だろうか。ああ、そうにちがいない。

「楸さん、いつ頃から警察官になるって決めてたんですか?」

「さあねえ。ちっちゃい頃から口数が少なかったから、なかなか本心がうかがえなくてね。でもずっと、父親に憧れてる様子ではあったわね。……あ、こっちが中学校ね。ああほら、この背が飛び抜けて大きいのが楸よ」

次に開かれたアルバムの中で、楸青年は学ラン姿だった。

短髪姿が新鮮で、今ほど広くない肩幅が、いかにも未完成で、青々しくていい。

「生徒会長だったのよ、楸」

「納得です!」

「そう? 私からすれば、あの無口でよく会長が務まったと思うんだけど」

「口数が少ないほうが、説得力ありません? 楸さんって存在感もありますし。堂々としたところ、お父さま譲りですよね」

「まあ。その言葉、うちの人の前で言ってくれる? きっと泣いて喜ぶわ」

高校の卒業アルバムには、今とさほど変わらぬ体格の楸が載っていた。しかし今と決定的にちがうところがある。笑顔だ。楸は修学旅行先の沖縄で、青い海を背景に笑っていた。

清々《すがすが》しく、そして甘く。

「楸さん……笑うと、こんなふうなんですね」

こんな満面の笑み、初めて見る。

爽やかで素敵だが、無表情の楸を見慣れているこよりには違和感があった。同じ顔をした別人のような——。

すると義母はこよりをちらとうかがって、言う。

「あの子、やっぱりこよりさんの前でも笑わない？」

まるで、それを確かめるために、アルバムを用意しておいたかのような口ぶりだ。

「……そうですね。私が見逃しているだけかもしれませんけど」

「そっか」

はあ、と息を吐く姿は、いつもすっと背すじを伸ばしている義母と違い、普通の、どこにでもいる普通の母親といったふうだった。

「それね、たぶん、主人の所為よ」

「どういうことですか？」

「楸が警察官になるときにね、おまえの笑顔は甘すぎるって言ったの。そのままじゃ部下にもナメられるし、そのうち恋愛のゴタゴタに足を掬《すく》われるぞってね。ほら、楸は柏とちがってキャリア組でしょ？　入庁直後から、部下を持つ立場だったから、余計に心配したのよね」

初めて聞く話だった。

恋愛ごとに足を掬われる……告白したとき、楸がショックを受けたような顔をしていた理由が、なんとなくわかった気がする。楸は懸命に表情を強張《こわば》らせ、きっと、父親の言うゴタゴタの当事者にならないよう、踏ん張っていたのだ。

警官としての、使命感ゆえに。

それなのに、よりによって未成年から告白されたら、落胆もするだろう。

（そっか。そうだったんだ……）

頑《かたく》な過ぎるほどの拒絶の言葉も、そんな経緯があったなら納得できる。

「料理をするんじゃなかったのか」

すると、背後からそんな声がかかって、こよりは義母とともにびくりとした。

振り返ると、楸が軍手を外しながらやってくる。

まずい。そうそうにばれてしまった。こよりは焦ったが、楸はいつも通りの無表情で小上がりにやってきて「ああ、アルバムか」と気安く言った。

「引っ越しのときにないと思ったら、お袋が抜いたのか」

「だってぇ。たまには見たいんだもの、昔の写真。こよりさんとの会話のきっかけも欲しかったし……」

気まずそうにブツブツ言った義母は、悪いことをしたと自覚していたのだろう。

「あ、私、キッチンの準備を整えてくるわね。こよりさんはここで待ってて」

そそくさと立ち上がり、行ってしまった。

楸とふたり、取り残されたこよりは、当然気まずい。会話の糸口を探して狼狽《うろた》えていると、こよりの右隣にあぐらをかき、楸は「懐かしいな」としみじみこぼした。

「高校の頃でさえ、もう十年以上前なのか」

楸は座卓の上に広げてあった、厚い表紙の冊子を手に取る。笑顔の写真が載っている、高校の卒業アルバムだ。自身の笑みをなんとなく興味深げに眺め、ぽつりと呟く。

「この頃はまだ、警察官になりさえすれば理想に向かって邁進できると思っていたな」

「理想どおりに……いかなかった、ですか？」

「まあ、それなりに現実にぶちあたってはいる」

どういうことだろう。尋ねていいものだろうか。

こよりが迷っていると、楸はアルバムの中の自分に目を落としたまま、いや、と言い直した。

「何もかも、これでよかったのだと今は思えているが」

悟ったような、清々しさのある声だった。

学生時代の笑顔も素敵だし、楸の両親は息子が再び笑う日を願っているようだが、こよりにとってはこの感情の読めない無の表情こそ、楸が努力して得た勲章のように思えた。

「こよりさーん、そろそろ始めましょう！」

そこで義母に呼ばれ、こよりは今度こそキッチンに立った。

教わったのは、ささみのチーズフライに、ささみ入り春雨《はるさめ》サラダ、ささみときゅうりの梅肉和《あ》え、ささみのチリソース……どれも、楸の好物だという。あらかた出来上がった頃、義父も二階から降りてきて昼食になった。

義母は言う。

「最初はね、どうなることかと思ったのよ。楸が、名前も素性も知らない女性とお見合いしたいなんて言うから。でも、結婚に前向きになるなんて初めてのことだったし。知り合いのツテをあたってあたって、仲人さんを見つけたときは藁《わら》にもすがる思いだったわ」

こよりは相づちを打とうとして、はっとして背すじを伸ばした。

天啓のようにひらめいたのだ。

柏を自宅に呼んで食事会をしたとき、楸が言っていたこと。その意味を、やっと。

『見合いを考えた時点では、彼女が当時の女子高生だとは知らなかった。どこの誰かもわからなかった。折鶴百貨店の社員らしい、ということだけしか』

アケミは言っていた。

警察官家系の楸にとって、こよりは家柄的にも結婚相手に最良だった、と。こよりはつまりそれが、楸が自分を見合いの相手として選んだ理由だと、ずっと思っていた。

だが、楸は自ら見合いを言い出したとき、こよりの素性を知らなかった。

(それって、わたしの家庭環境を知る前に、結婚しようと思ったってことよね？)

だとすれば、何が決め手になって、楸はこよりとの見合いを望んだのか。

いや、つまり楸がこよりに明かさずにいるのは、まさにその部分にちがいない。

(わたしから……もう一度、聞いてみてもいいのかな)

結婚して、早三か月。隣で次々に箸を口に運ぶ楸を、密かに意識しながら思う。

いつかは、とずっと考えていたが、今がそのいつかなのではないか——。

8　初めての喧嘩

　近いうち、楸と改めて話す場を作ろう。

　こよりは決意していたのに、そうも言っていられなくなった。

　折鶴百貨店で、緊急会議が招集されたのだ。

「すでに知っている者もいるだろうが、最近、エントランス付近が学生で混雑している。このままでは周辺の治安にも響くと、自治会から苦情があった」

　聞けば、ここ一週間ほど、折鶴百貨店のエントランス前で制服姿の男女がダンスを踊っているのだという。参考資料として流された動画にはどれも、百貨店のトレードマークである折鶴の銅像が映り込んでいる。専用のハッシュタグまであり、どうやら流行中らしい。

（これが噂のダンス動画……）

　柏との食事会で、そんな話をしたばかりだ。

「ダンス自体は悪くない。宣伝に一役買ってくれている点、ありがたい話だとも思う」

年配の運営部部長は、白髪混じりの頭をゆるく撫で付けながら言いにくそうに言う。

「だが、当店のお得意様方からは、品位を損ねるとお言葉をいただいている。そこでしばらくの間、行列を最小限のところで区切るという対応をしようと思う。……乙瀬さん」

「は、はい」

突然水を向けられて、慌てて背すじを伸ばした。

「当面の間、出勤後すぐにベルトパーティションの準備をお願いしたい。きみ以外、手が空いている者がいないんだ。閉店後の片付けに関しては、係長と手分けしてやってくれ」

わかりましたとしか答えようがなかった。こより以外に事務を専門としている平社員はほかにいないし、時間の融通が利くところからしても、適任だ。

「各々、時間を見つけてエントランス付近を見回ってほしい。くれぐれも、伝統ある折鶴百貨店の品位と、周辺地域の治安を守ることを念頭に入れて行動するように」

会議室に緊張感が走る。デパートに勤めて三年、こんな事態はこよりも初めてだった。

翌日から、こよりは出社する時間を十五分ほど早めた。

楸には何があったのかと尋ねられたが、繁忙期なのだとだけ言っておいた。流行ならすぐに過ぎ去るだろうし、周辺地域の治安が……などと説明して、あまり心配を掛けたくもなかったのだ。

だから希望を込めて、一か月くらいで落ち着くと思う、とも伝えた。

しかしエントランスの混雑は解消するどころか、みるみる悪化していった。

ベルトパーティションからはみ出して並ぶことはできないと案内しても、守らずにしゃがみこんでいる人たちの姿をちらほら見かける。警備員を置き、自らもまめに見回りに出ていたこよりは、徐々に自宅で楸とのんびり会話をする余裕をなくしていった。

＊＊＊

一か月ほど残業になると聞いていたが、その後、一か月が過ぎてもこよりの帰宅は遅いままだった。

口数は明らかに減ったし、ときどき、ぼうっとしているときもある。

(繁忙期とはいえ、無理をしすぎている)

楸は毎日の弁当作りをこよりにやめさせ、夕食の準備含めて家事全般を引き受けたが、それだけではとても、充分なフォローとは思えなかった。

そこで翌日、楸は職務を終えると、折鶴百貨店まで車を走らせた。

こよりの送迎をしようと決めたのだ。

以前、高丘春日の一件で待ち合わせた場所に車を止める。待ちぼうけは覚悟の上だ。

周囲をうかがいながら張り込みのように待っていると、閉店時間を十五分ほど過ぎたところで、社員通用口から出てくるこよりの姿を見つけた。

予想していたより、早い退社だ。

運転席の窓を開け、声を掛けようとして、しかし楸はその言葉を呑み込んだ。

「お疲れ様でした、課長！」

そう言って、こよりが笑顔で頭を下げたからだ――男に。

洒落たストライプ地のスーツに身を包む、楸とは真逆の細身の男。ただの上司だと思いたいが、それにしてはこよりの顔が晴れやかだった。

今朝までのどんよりとした暗さが、跡形もなく消え去っている。

(どういうことだ……？)

瞬間、社員通用口の脇を軽自動車が通り過ぎる。こよりの手もと、通勤カバンの持ち手の付近で、ちかっと何かがヘッドライトを反射する……例の、男物のキーホルダー。

普段なら気にも留めない光景だが、このときばかりは暗示的に見えた。

こよりが忘れられない相手というのは、あの男なのではないか。

特別な男の前だから、明るく笑えるのではないか。

「あれっ、楸さん⁉」

幸か不幸か、こよりはすぐに楸の存在に気づいた。

すがすがしい笑顔のまま、ぱたぱたと駆け寄ってくる。

「どうしたんですか？　もしかして、お迎えに来てくださったんですか」

「……ああ」

「ありがとうございます！　うれしいです。すぐ乗りますねっ」

鞄を胸に抱えて車のフロントを回り、助手席にちょこんと収まるこよりは、やはり迷いが消えたような表情だ。本当なら、その笑顔はこの手で引き出してやりたかった。そう思うと、楸はじりじりと足の下から炙《あぶ》られているような気分になる。

「すみません、連絡とかくださってました？　お待たせしちゃいましたよね」

「いや、連絡はしていない。いくらでも待つつもりだった」

「そんな。申し訳なさすぎますよ。次は電話でも掛けて、急かしてくださいね。応答できるとは限りませんけど、可能なら急ぎますから」

ね、と念を押す妻に曖昧な返事をして、楸は車を発進させる。大通りに出ると道幅に沿って高層ビルが立ち並び、右に左に尾を引いて流れるライトは金魚の群れのようだ。つついたらわっと散っていきそうで、危うく見えるのはなぜだろう。

はあ、とこよりは息をついた。

「長らくご心配をお掛けしましたが、今朝、やっと一段落つきました」

安堵《あんど》の声だった。

「今朝、ずいぶん行列が短くなってたんです。流行が他に移ったみたいなんですよね」

「……行列？」

「はい。また別のロケーションで撮影するのが流行りだしたようなんです」

撮影。なんの話だろう。

楸はぽかんとしたが、こよりは気付かぬ様子で続ける。

「わたし、今回のことで実感しました。治安を維持するのが、どれほど大変か。たかがひとりのルール違反じゃないんですよね。見過ごせば、簡単に後に続いてしまう」

さらに言おうとして、我に返った顔をした。

楸が事情を呑み込めていないと気づいたのだ。焦ったふうに「あ、撮影というのはですね」と説明を始めた。

「折鶴像の前でダンスをした動画を、SNSに上げることです。朝から行列ができちゃうから、ベルトパーティションを立てたり、こまめに見回りをしたりしなきゃならなくて。でも明日からは、課長ひとりで対処できるそうです。ああ、本当によかった！」

つまりそれが、ここ一か月の残業の、本当の理由らしい。

楸の脳内には、先ほど見かけたスーツの男と、外されないキーホルダー、そして己だけ何も知らずにいたという疎外感がぱたぱたっと不快に折り重なる。

「繁忙期だと聞いていたが、そうではなかったのか」

「はい、あの……心配をかけたくなくて。それに先日、柏さんがおっしゃっていたじゃないですか。警官は、ＳＮＳをやらないって。だから、説明してもわからないかなって」

「今の説明で大体は理解したつもりだ。私は何も知らずに、闇雲に心配していたのか」

言ってから、角のある言い方だったと気づいて、軽く深呼吸をする。

何をムキになっているのか。冷静になれ。仕事の話だ。いちいち部外者に説明するほうがおかしい。楸だって、職務内容はほとんどこよりに告げていない。

「……悪い。なんでもない」

詫びながら、ハンドルを切った。いくらなんでも大人げなかった。

「いえ、言ってください。不満でもちゃんと聞きたいです」

「いや、いい」

「いいって……本音を呑み込まないでください」

「とにかく、気にしなくていい。いっそ、忘れてくれ」

これ以上言い争いたくはない。別の男の手で晴れた顔を、この手で曇らせたくはない。

意地でも丸く収めようと楸は思ったのだが、こよりは途端に悲しげに瞳を歪める。

「忘れて……？」

理解できないというより、理解したくないとでも言いたげな顔だった。

「まだ、そう言うんですか」

「うん……？」

「お見合いのときから、そう。楸さんは、本当に大切なことをわたしに明かしてくれませんよね。そろそろって、わたしは思ってましたけど……楸さんは、ちがうんですね」

こよりの意図するところが読み取れず、楸は返答に詰まる。大事なこと？　何の話だ。するとその沈黙を、こよりは無言の肯定とでも思ったのだろう。まるで涙をこらえているような表情ですいっとそっぽを向き、窓の外を見た。

その日は帰宅して、夕飯を一緒に食べる間も、互いに無言だった。

結婚以来……いや、出逢《であ》って七年、初めての喧嘩だった。

＊＊＊

こよりは後悔していた。

（どうしてあんなこと、言っちゃったんだろう）

通勤電車の中、つり革に摑まった腕にもたれて、ため息をつく。謝罪していた楸を責めるなんて、どうかしていた。悪かったのは、どう考えてもこよりだ。

楸の本心を知りたいとか、そろそろ訊《たず》ねてみようとか、こよりが考えていたことを楸は知らない。だから拒絶されてショックを受けるのは筋ちがいだし、ましてや彼が心を閉ざそうが閉ざすまいが彼の自由であって、責める権利はこよりにはない。

それなのに。

お見合いのときと同じように「忘れて」と言われて、咄嗟に言い返してしまった。

この先もずっと、ああして本音をはぐらかされ続けるかと思うと、耐えられなかった。

（謝りたいけど、虫が良すぎるよね。『忘れて』って言葉を責めたくせに。彼の謝罪は、受け入れなかったくせに……こっちの過ちは忘れてほしい、みたいな）

そうしてぐるぐる悩んでいるうちに、三日が過ぎてしまった。

気まずさは日に日に増している。これ以上引きずるのは、ほかならぬ楸に申し訳ない。

「……なんとかしなきゃ」

今夜こそ詫びようと決めて出勤すると、こよりは手際よく一日の仕事をこなした。

定時を迎えると、地下の食品売り場に立ち寄り、ビターなガトーショコラをふたつ手土産に帰路につく。

甘いものでもつつきながら、ゆっくり話す時間を作れたらと思った。

「ただいま帰りました」

思い切って、声を掛けながら玄関をくぐる。すぐさま「おかえり」と低い声がして、見れば、エプロン姿の楸が廊下の先に立っていた。

目を合わせて挨拶を交わすのは、喧嘩をした晩以来だ。

「そろそろ帰ってくる頃だろうと思っていた」

優しい言葉にほっとして、涙が出そうになる。

手招きされ、ダイニングへ行くと、テーブルの上には色鮮やかな料理が並んでいた。トマトソースのパスタにサラダ、グラタンに鶏肉《とりにく》の香草焼き、フルーツタルト……。

「これ……全部楸さんが作ったんですか？　デザートも？」

「ああ」

「すごい……」

楸の手料理は初めてではない。こよりの帰宅が遅かった間、食事の支度はすべて楸がしてくれていた。だがこんなに華やかで、手の込んだメニューが並ぶのは初めてだった。

「ありがとうございます。とっても美味しそうです。あの、わたし」

こよりはさりげなく洋菓子店の箱を背中に隠した。楸の手作りのフルーツタルトがあるのに、これは出せない。そして、まずは謝罪しなければと、頭を下げようとした。と、楸のほうが先に、こよりに向かって深々と頭を垂れる。

「……この間は、すまなかった」

不自然に左手を背中にやったまま、こよりは飛び上がってしまう。

「えっ、なっ、何を言ってるんですか。悪かったのはわたしです！」

「いや。火種を作ったのは私だ。くだらない嫉妬でカッとなった」

「しっと……？」

「そうだ。大人げなくて、本当に申し訳ない」

嫉妬というのはどういう意味だろう。誰が誰に、何故嫉妬？

その点、さっぱり理解できなかったが、こよりはすかさず頭を下げ返す。

「わたしのほうこそ、ごめんなさい……っ」

楸より深く体を折って、誠心誠意詫びる。

「残業の理由をきちんと話さずにいたことも、勝手な事情で文句を言ったことも、反省しています。本当に、申し訳ありませんでした」

数秒、ともに動かなかった。こよりは楸が頭を上げるまで、自分は上げまいと決めていた。それは楸も同じだったらしい。無言のまま、まるで根比べの様相になる。

三十秒、四十秒。

いつまで続けるのだろう。

様子見に視線をちらと向けると目が合って、思わず手もとが緩んだらしい。

洋菓子店の箱が、滑り落ちて床を打つ。

「あ！」

いけない、忘れていた。

慌てて隠そうとしたが、後の祭りだ。楸の視線はしっかりと、床の上の箱に落ちている。

「洋菓子店……？」

「あ、ええと、これは……その、わたしも、楸さんと仲直りできたらって思って、それで。でも、楸さんが作ってくださったフルーツタルトがありますし、こっちは冷凍保存でも」

焦って弁解するこよりの足もと、楸はしゃがみこんで箱を拾った。蓋をぱかっと開ける。

幸い、天地はそのまま保たれていたらしい。きれいな形のままのガトーショコラが、ふたつ仲良く隅に寄っていた。

「……似た者夫婦だな」

一瞬だけ。

一秒にも満たない時間、微笑んだ楸を、こよりは初めて見た。

わずかに上がった口角と、浮かび上がったえくぼがミルクのように甘かった。学生時代の笑顔も素敵だったが、年齢を重ねた今はもっとだ。

そうして息を呑んでいるうちに、楸はケーキ箱を手に立ち上がる。

「せっかくだから、両方食べよう」

「えっ、両方って、フルーツタルトとガトーショコラを、ですか?」

「ああ。ふたつくらい普通に食べるだろう。イートインならふたつじゃ済まないが。フルーツ系とチョコ系があったら、あとはショートケーキとチーズケーキも欲しい」

「ええ?」

そこでこよりは思い出す。

結婚前、お見合いの後のデートで、楸がコーヒーに多めの砂糖を入れていたことを。

「楸さん、もしかして、けっこう甘党ですか」

「知らなかったのか?」

知らなかった。いや、気づかなかった、のか。

楸は当初から、甘党を隠してはいなかった。ありのままの自分を、こよりに見せていた。

するとと彼の本音だって、きちんと示されてきたのかもしれない。こよりの気づかないところで、けれど、はっきりと。

＊＊＊

くだらない嫉妬を剝き出しにして、そのうえ簡単に忘れろなどと言って、身勝手にもほどがある。詫びたいが合わせる顔もなく、それでも関係を修復したかった。

『その、わたしも、楸さんと仲直りできたらって思って、それで』

こよりが持ち帰ったガトーショコラはほろ苦く、そしてとびきり甘かった。

「触れてもいいか？」

その晩、風呂から上がるとすぐさま楸はこよりをベッドへ引きずり込んだ。

こよりに応える余地すら与えずに、幾度もキスを連ねる。舌をさんざん絡めたあと、軽く開かれた歯列もそのままに、楸はつと唇を滑らせて白い首すじへ向かった。

鎖骨をなめらかに越え、胸の膨らみをじゅっと吸う。

「ん、……」

こよりの足先が健気にシーツを掻いたが、楸は同じ場所をしつこく吸い続けた。くちゅくちゅと音を立て、小刻みに。唇を離せば意図した通り、見事な鬱血のできあがりだ。

——俺のだ。

誰にも渡したくない。譲れるわけがない。剥き出しの独占欲を念写するように、襟ぐりぎりぎりの位置にもうひとつ、同じ痕をつける。

「え、あ……っ」

キスマークをつけられているのだと、こよりは気づいているようだった。

しかし嫌がるそぶりはなく、むしろぞくぞくと肩を揺らし、うっとりと目を細める。官能を誘うその仕草に俅はさらに体を屈め、噛みつくようにうなじに口づけを連ねる。

それからこよりのTシャツを一気に捲《まく》り上《あ》げ、ブラからふたつの乳房を零《こぼ》すと、迷いなく右の先端にむしゃぶりついた。舌先で突起を転がしつつ、音を立ててそこを啜《すす》る。

「ひ、さぎさ……ぁ、あっ、いつもより、激し……っ」

さらに反対の先端を指でしごいてやると、タイトスカートからのぞく両足が震え始めた。

「あ……あぅ」

「欲しい？」

「んァっ、ひぁ、あ、甘噛みしな、いでぇ……え、すぐに、だめになっちゃ、う」

「欲しいと言ってくれ、俺を」

桃色の乳首を苛《いじ》め続けたら、こよりはやがてびくんと腰を跳ね上げた。

胸しか弄《いじ》っていないのに、軽く達したのだろう。

「っは……欲し……です、楸さん、ほしい……」

なおも求めてくるさまがあまりに可愛くて、楸はたまらず覆い被さった。

太ももを開き、膝に割り入って、滾《たぎ》ったものの先端をあてがう。いっそいっぺんに突き込んでしまおうか、いや……と理性を手繰り寄せれば、こよりのほうから腰を浮かせ、柔らかな陰唇《いんしん》を押し付けてきた。

先端が、いとも簡単に呑み込まれる。

（……ああ、こんなに健気に腰を揺らして……自覚しているのか？）

半ばまで招き入れられると、耐えきれなくなって楸は奥まで己を打ち込んだ。反り返ったものがくまなくぬかるんだ襞にぞろりと擦られ、一瞬で持っていかれそうになる。

「う、く……っ」

しかし、先に呑まれたのはこよりのほうだった。高い声を上げ、内を引き締めてびくりと弾ける。追って痙攣が始まると、ふたつの乳房が波を打って楸に差し出された。

「っさ、触ってくださぃ……お願い、楸さん……さわって、ぇ」

崩れそうな小山に顔を埋めながら、楸は腰を夢中で振った。

一度は奥に吐き出したが満足できず、萎えきれないそれをこよりの中で少しずつ動かし、ふたたび硬く起ち上がらせた。

二度目はもうすこし冷静になれるかと思いきや、手を引き寄せられ、割れ目に導かれて、弄ってほしいとねだられた途端、理性のかけらもなくなった。

二度、三度……こよりの内側を白く満たしてもなお、足りない。

愛していると、いっそ、囁いてしまおうか。

「……こより……」

きみが好きだ。

しかし、未《ま》だ消えない黒いキーホルダーの存在が、楸に告白を躊躇《ちゅうちょ》させた。

＊＊＊

初めての喧嘩を乗り越え、こよりは楸と約束した。

お互い、溜め込む前に不満を言うこと。本音で語り合うこと。

今後、喧嘩をしたら、二日以内に仲直りをすること。そのときは、とびきり美味しいものを用意すること。お腹がいっぱいになったら、一緒に同じベッドで寝ること。

そして、今回に限り――。

仲直りのしるしに、ふたりで旅行に行くこと。

退勤後、社員通用口の外で待っていると、春日がやってくる。

「あ、こよりん、お待たせ！」

「定時に退社すんの、すげー久しぶり。って、なにやってんの、こよりん」

植木の中に突っ込んでいた手を、不思議そうに見られた。

「ええと、ゴミ拾い」

「なんでまた。清掃員に任せればよくない？」

「うん、わたしも以前はそう思ってたんだけどね。色々あって、気づいたところからコツコツやろうって決めたんだ」

「コツコツと」

「そう。当事者意識を持つってことは、小さな積み重ねを忘れないことだって、よくわかったから」

そしてこんな小さな意識改革の先に、楸が目指す世界があるのだと信じている。

春日は理解しているのかいないのか「ふうん」とだけ答える。そしてこよりが集めたゴミを廃棄物置き場に捨てるのを手伝ってから、駅へ向かって歩き出した。

「で、今日はこよりの勝負服を見立てればいいわけだな」

「うん！　よろしくお願いしますっ」

そうだ。

こよりは楸との旅行までに、服を新調しようと決めた。ただの服ではない。きちんとした場所で、楸の隣に立つにふさわしい服。彼に、好きだと告げるのに気後れしない服。

つまり、旅行中に告白できたら……と、こよりは考えたのだ。

「せっかくだから、通勤服も通勤鞄も変えたいな。あ、髪も切って、メイクも変えちゃおうかな」

「へえ、いいじゃん。どした？　ひょっとして呪い、解けた？」

春日の言葉に久々にその存在を思い出して、思わず笑ってしまう。そうだ、呪い。結婚前はあんなに意識していたのに、いつの間にか忘れていた。

「そうかも」

近場のセレクトショップ街をはしごして大通りに出ると、三日月が細く輝いていた。

ビル風が背中を押すように吹き抜けた。

かすかに、秋の匂いがした。

9　小旅行

目的地は、都心に建つラグジュアリーホテルだ。

電車を乗り継いで、自宅から四十分。一泊二日の、近場の小旅行。

遠方の観光地を選ばなかったのは、楸が立場上、庁舎から無闇に離れられないからだ。長期休暇でもなければ海外などは特に難しいらしく、新婚旅行まで取っておくことにした。

「わ、緊張するくらい豪華ですねっ」

ロビーに入ると、こよりは楸の腕を引いてこそっと囁く。

大理石の床に、廊下の先まで惜しげもなく並ぶシャンデリア。大判の絵画に楚々《そそ》とした生け花が雅な雰囲気でマッチして、華美なのに上品なのが見事だ。

「早速、行くか？」

楸は袖を軽くめくり、腕時計を確認する。白いTシャツに黒のジャケットというシンプルな服装がこんなに堂々として見えるのは、鍛え上げられた肉体と姿勢のよさからだ。

まるでここに年中住んでいますと言わんばかりの貫禄《かんろく》。

崩した前髪も色っぽいし、突出した喉仏は何時間でも見ていられるとこよりは思う。

「こより？」

呼ばれて、はっとした。

「あ、ええと」

「大丈夫か？　熱でもあるのか」

額に掌をあてがわれそうになって「大丈夫です！」と飛び退いた。心臓がばくばく鳴っている。いつもと違う、いつもより素敵な楸に触れられたら、倒れてしまうところだった。

（朝から一緒にいるのに、見惚れて動けなくなるなんて……もうっ）

自分の頬をぺちぺち叩いてから、ロビーの奥を示す。

「行きましょう。まずはパフェ食べ放題ですよね！」

今回の旅行の目的は、主にふたつ。最上階のラウンジで『パフェ食べ放題イベント』に参加することと、ホテル周辺のレトロな繁華街を散策すること。

ひとつめは楸、ふたつめはこよりが決めた。

フロア奥のホールでエレベーターを待ちつつ、ガラスに映った自分の姿を確認する。

こよりの本日の装いは、ミントグリーンのワンピースに五センチのヒール靴。件《くだん》の晩、春日に見立ててもらったよそ行きで、肩口にあしらわれたプリーツがお気に入りだ。

ハーフアップの髪は今日のために何度も練習したのだが、楸からのコメントは未だない。

（ちょっと張り切り過ぎちゃったのかな、わたし……）

かわいいと言ってほしかった。というのは、贅沢だろうか。

しゅんとしながらエレベーターに乗り込むと、奥の壁に貼られた鏡ごしに、楸から興味深そうな視線が向けられているのに気づいた。

見つめ返しても、気づかずにじいっとこよりに見入っている。

「あの、何か……？」

耐えきれなくなって尋ねると、楸はハッとしたようだった。

「いや、今日は特別きれいだと思って……なんだろうな。雰囲気がいつもとちがう」

きれい。その言葉に舞い上がってしまいそうになって、ぐっとこらえた。

「ありがとうございます。よかった。この服、春日ちゃんに見立ててもらって、今日のために新調したんです。髪型もネットで調べて、気合い入れちゃいました」

「服……そうか、服も髪型もいつもと違うのか」

今ようやく気づいたという反応に、こよりは目をしばたたいてしまう。

「気づいてなかったんですか？　それなのに、きれいって」

「いや、普段はこうじゃない。職務中は、目にした人の細部を観察するようにしている」

すると楸は気まずそうに目を逸らし、口もとを撫でながら言った。

「きみに対しては、つい、付属物は後回しになる」

「……え」

「きみしか見えなくなる。そうだな、わりと、いつも」

かわいいと言ってもらいたいと思っていた。期待して、服も髪も整えてきた。それに対して、楸はノーコメントも同然だ。が、斜め上の反応が、期待以上に嬉しかった。

(わたししか見えないって……もしかして、柏さんを呼んで食事会をしたときも？　それで何も言ってくれなかったの？)

赤くなって俯けば、エレベーターの扉が開く。目的の四十五階に着いたのだ。

入れ違いで乗り込む客がいたこともあり、こよりはそそくさとその場を後にした。

ラウンジは廊下の先だ。頬の赤みを冷ましながら楸のあとについていくと、案内されたのは窓辺の席だった。

「うわ……！」

どこまでも遠くに広がる空と、遥《はる》か遠くの海に圧倒されて、照れていたことを一瞬で忘れる。

地上が遠すぎて、人の姿など認識できない。かろうじて、車が動いているのがわかる程度だ。

着席するのも忘れて、こよりははあっと息を吐いた。

「別世界ですね。ここ、こんなに海が近かったなんて知りませんでした」

振り返ると、ボーイがにこやかに椅子を引いていた。こよりの着席を待っているのだ。それなりの場だということを忘れていた。慌てて、腰を下ろす。

パフェはオーダー制らしい。一杯目に揃ってシャインマスカットパフェを頼むと、先の話を継ぐように楸は言った。

「いつか海の側に住めたらいいんだが」

「いいですね。海、お好きなんですか？」

「ああ。去年までは、休みのたびに柏とふたりでサーフィンをしに行っていた」

「サーフィン……兄弟揃って、似合うこと間違いなしじゃないですか……」

浜辺でモテたのでは、と尋ねようとして、やめた。肉体美の雄々しい兄妹《きょうだい》が並んで立っていて、周囲の女性が放っておくはずがない。そんな話を聞いて、妬《や》かずにいられる自信もない。

（わたし、なんだか以前より心が狭くなってない？）

不思議だ。こんな気持ちは、七年前にはなかった。楸を独り占めしていたい。楸の一番の理解者でありたいし、一番の支えになりたい。

そこに、一杯目のパフェが届く。

場の雰囲気からくる高揚感も手伝って、こよりは次々に話を振った。

学生時代の話、家族の話、友人の話、そしてこれから繰り出す街のことも。

「楸さん、五杯目、本当に食べるんですか？」

「きみは三杯しか食べないのか。足りなくないか？　小ぶりの器なのに」

「いえ、だって、パフェですよ。美味しくても、さすがに三杯が限界ですよ」

「そうか？　もう二杯くらいはいけそうだが」

「凄《すご》すぎます……。楸さんの甘党、ここまでとは予想していませんでした」

五杯目として届いた苺《いちご》とルビーチョコレートのパフェを前に、一口だけ分けてもらおうかどうしようか考えていると、パシャッとシャッター音が聞こえる。

見れば、楸がスマートフォンのカメラをこよりに向けている。

「だ、だめですよ、不意打ちは！　今、油断顔してましたもん、わたし」

「油断顔？　充分、可愛かったが」

「か……っ」

不意打ちの甘い台詞にこよりが照れている間に、楸は手もとでなにやらスマートフォンを操作する。

画面を向けられると、そこにはデジタル時計とともにこよりの顔が表示されていた。

「待ち受け画面に設定した」

「えっ⁉ け、消してください！」

「いや、消さない」

心なしか、楸の言葉がいつもより強気に聞こえる。もう一度写真を撮られそうになり、阻止しようとしたが、シャッターを数回切ったあと、胸ポケットにしまわれてしまった。

「こ、子供の写真ならわかりますけど、奥さん単体の写真が待ち受けなんて」

「珍しくないだろう？」

「珍しいですよ！ 付き合いたてのカップルくらいじゃないですか、そういうの」

第一、職場の人に見られたりしたらどうするのだろう。楸は恥ずかしくないのだろうか。

わたしは恥ずかしいです、とこよりが訴えようとすると、楸はわずかに考え、そして言った。

「なればいいのか？」

「なる、って」

「私ときみが、付き合いたてのカップルに、だ」

一瞬、時が止まったようになる。すぐさま理解できるはずもなかった。カップルになる。恋人同士になるということだろうか。夫婦なのに？

（冗談で言ってるの？　だって、ありえない。でも楸さん、冗談なんて普段、言わない）

まずは落ち着こうと、こよりはティーカップを手に取る。震える手に包まれて、ティーカップの中で琥珀《こはく》色の液体が細かな波を作っている。と、そのときだ。

タイミングを見計らったかのように楸のスマートフォンが震え出した。

少し迷ったようだったが、楸は観念したようにそれを手に取り、画面を確認する。すぐさま、かすかに目を細めて立ち上がった。仕事なのだと、こよりにはすぐにわかった。

「すまない。少々席を外す」

早足でラウンジを出て行く様子から、うかがえるのは責任感の強さだ。数分経ってやはり足早に戻ってきた彼は「申し訳ない」と頭を下げる。

「呼び出しだ。今から本庁へ向かう」

「い、今からですか」

「ああ」

そんな、とは、厳しい表情の彼を前にして言える台詞ではなかった。ひと呼吸置いて、こよりはうなずく。

「気をつけてくださいね。くれぐれも、焦らないように」

「ああ、ありがとう。俺がディナーに間に合わなければ、先に食べていてくれ」

緊急事態のようだが、楸はやはり何も語らぬまま、背を向けて行ってしまう。

だからこよりは詳しい事情も知らぬまま、ぽつんと席に残された。

チェックインは、ひとりで済ませた。

寂しさなんて感じないように、努めて元気よく部屋に入る。

「人生初のスイートルーム……！」

リビングルーム、ベッドルーム、バスルーム……それぞれ使う前にと画像を撮りまくる。

興奮してひとしきりシャッターを切ったりしたものの、五分後にはやることがなくなって茫然とした。

（部屋で時間を潰せるようなもの、何も持ってこなかったな……）

楸とふたりなら、退屈するはずがないから。

それに今回は告白のことで頭がいっぱいで、予定が潰れる想定などする余裕がなかったのだ。

らしくない失敗だと、ため息をつく。

せっかくだから、ひとりでも予定通りに観光してみようか。

思い立ったが、すぐに諦めた。

例の合格守を持参してこなかった。この二日間は楸が一緒にいてくれると思ったから、あえて置いてきたのだ。あれを持たずに、見知らぬ場所へ繰り出すのはリスクだろう。

仕方なく、ソファに寝そべってスマートフォンを弄る。

ニュースサイトをぱらぱらと見て、電子書籍をすこし読み、そうするうちにうたたねしてしまっていたらしい。スマートフォンが胸の上で震えて、飛び起きた。

（……ああ、アラーム）

楸からの連絡かと思ったが、そうではなかった。はしゃぎすぎてディナーの時間を忘れないようにと、昨日のうちにかけておいたアラームだった。

「ディナー、楸さん、間に合わなかったな」

落胆しそうになって、任務なんだから、と頭を振る。

予約していたディナーは、部屋食だ。ふたりきりでのんびりするために部屋で食べようと決めたのだが、合格守がない今は、外に出ずに済むのがありがたかった。

できるだけゆっくり食べながら、楸を待つ。

しかし、食後のデザートを終えても、部屋の扉は開かなかった。

「さて、シャワーでも使ってみよう！」

続けて贅沢に熱いシャワーをたっぷり浴び、バスローブ姿でキングサイズのベッドにダイブをする。整えられたシーツの上、いたずら心からごろごろと転がってみる。

「雪の日みたーい！」

ひとしきりはしゃいだものの、もう、テンションを保てそうになかった。羽布団に包《くる》まり、テレビをつける。気になっていた洋画を、一本観る。

頭の中はずっと、楸のことでいっぱいだったのだが。

（楸さん、今頃、どうしてるかな。きっと、頑張ってるよね）

こんなことなら、即答しておくべきだった、とも思った。付き合いたてのカップルに、という話が出たとき。わたしも付き合いたいです、だってあなたが好きなんですと、伝えていればよかった。

どうして楸が、あんなことを言い出したのかはわからない。

恋愛感情があるからなのか、より夫婦らしくなるために必要な段階だと思っているのか。どちらにせよ、付き合ってもいいと思ってくれた。それだけで嬉しかったと、せめて伝えたかった。

もし——。

帰ってきた楸が、その言葉を忘れていて。

こよりの返答がないことにも気づかず、うやむやになったら……考えると、切ない。

すると突然、隣の部屋からドンと壁を叩くような音がした。反射的に、びくりと固まる。

（なに、今の）

一瞬にして、こよりの全身は恐怖に包まれた。

怖い。こわい——いや、冷静にならなければ。

きっと、隣の部屋でベッドでも移動したのだ。それだけだ。

スタッフがこんな音を立てるはずがないから、おそらくは宿泊客自身で。ああ、そうだ。

想像で己を納得させようとしたが、恐怖は消えなかった。

合格守が手の中にない。楸の姿もない。そのことが、ますますこよりを不安定にさせる。

肩を上下させてどうにか呼吸しようとしたものの、息はみるみる浅くなり、こよりは自分を抱き締めるように身を丸くした。

「……っ」

楸がここにいてくれたら。そうしたら、すぐにでも落ち着けるのに。

早く戻ってきて。今すぐに姿を見せて、この手を握って。

縋《すが》るように願って、いや、だめだ、と首を振る。

楸は市民のために闘っている。自分ひとりのために、帰ってきてなんて言えない。

思い出すのは、花火大会の日。

色とりどりの光の中で、こよりの手の甲を優しく包んでくれたぬくもり。

あの手は、ずっとこよりのそばにあったわけじゃない。楸が制服を着ている間、市民に奉仕するためのものだった。もしも任務が続いていれば、こよりには届かなかった手だ。

結婚を決めたとき、この先の人生に楸がいてくれたら心強いと思った。

なんて甘かったのだろう。

(ヒーローの身内になるって、こういうこと……)

楸は夫だが、こよりが困ったとき、必ず助けてくれる存在ではない。妻だからといって、優先順位が一番にはならない。なるはずがない。

むしろ楸がプライベートを削り、任務に身を捧《ささ》げるとき――。

こよりは、その削られるもののほうに含まれる。

「は……っ」

懸命に肩を上下させて息をし、痺れかけた両手を胸の前で握り合わせる。

結婚したからこそ、失ったものがある。

だが楸と夫婦になったことを、一片だって後悔したくはない。

(だって、わたし、楸さんが好き)

いざというとき、振り返ってくれなくていい。

妻を真っ先に助けようという考えは、捨ててくれてかまわない。

その手が、ほかの誰かに差し伸べられることを、心の底から喜べる人になりたい。

『ひとりでも多く、犯罪被害に苦しむ被害者を減らしたい。それが私のライフワークだ』

あのまっすぐな正義感を、なにより深く愛しているから。

(だから)

こよりは心がけて、大きく息を吸い込んだ。

楸のために、まずは自分を信じようと思った。

大丈夫だ。いつだって間違えないようにと、道を選んで生きてきた。

馬鹿みたいな堅実さが、今はひたすらに頼もしい。

「っは……」

わたしは、大丈夫。

もう一度念じると、すうっと肺に酸素が入り込むのがわかった。

指先がじわりと、温かくなる。全身に、新鮮な血液が行き渡っていく。

たとえるなら、まさに今、呪いが解けたかのよう。もう平気だと、はっきりわかった。信じられなかった。七年前のひったくり事件を思い出して苦しいとき、合格守なしに回復できたのは初めてだったのだ。

縮こまった体を仰向けに転がし、目尻に滲んでいた涙を拭く。そこでふと、左手の薬指に結婚指輪がはまっていたのに気づいて、楸も確かにいてくれたんだ、と思った。


鍵を解除するささやかな音がしたのは、どれほどあとだっただろうか。

こよりは飛び起きて、転げるようにベッドを下りた。リビングルームへ駆け出すと、客室の扉を後ろ手に閉める楸の姿が目に入った。

よほど急いで帰ってきたのか、汗ばんだ額に、前髪が幾すじか張り付いている。

「……っ、おかえりなさい……！」

こよりは内廊下の中ほどで、楸の胸に飛び込んだ。

やっと会えた。昼間も一緒だったのに、一年ぶりに会うかのように恋しい。

「まだ寝ていなかったのか」

楸は驚いた様子で、こよりを抱き締め返すこともなく固まっている。

「まさか、私を待っていたのか……?」

「……その、せっかくのいいお部屋だから、眠ってしまうのがもったいなくて」

合格守がなくて怖い思いをして、それきり眠れなかった、とは言えなかった。そんなことを言えば、楸が申し訳なく思うことはわかりきっている。

「もったいないって、もう二時だぞ」

「でも、眠くないんです。その……エスプレッソ、夕食後に飲んじゃった所為かも」

こよりは壁際に備え付けられたエスプレッソマシンを示して言ったが、楸は沈痛な目をしたままだ。口から出まかせでそう言ったことを、見抜いているのは明らかだった。

「すまない。どこにも、連れて行ってやれなかったな」

「まだ明日があります。あ、でもわたし、まだ眠れそうにないので、やっぱり朝は寝坊させてください。チェックアウトまでゆっくり寝て、観光はまたの機会に……」

夕食は食べてきたのだろうか。もしまだなら、部屋食をとっておいてあるからと、こよりは続けて言おうとした。

だが、言葉にならなかった。

楸がいきなり、覆い被さるように抱き締め返してきたからだ。

「む」

　顔が胸筋に押し付けられて、息ができない。

　上を向いて逃れようとしたが、叶《かな》わなかった。鼻まで自由になったところで、後頭部に手をあてがわれ、さらにぎゅっと抱き竦められた。

　前髪から、かすかにタバコのにおいがする。

　楸は喫煙者ではないから、会議か何かでついたものだろう。懸命に、職務をこなしてきた証《あかし》だ。詳しい話などしてもらえなくても、もうこれだけで充分だ。

（お疲れさまでした、楸さん）

　胸の中で唱えて、大きな背中をぽんぽんと叩く。

　楸はかすかに肩を震わせ、絞り出すように言った。

「きみはもっと怒っていい」

「怒るって、どうしてですか？」

「旅行を言い出したのは俺だ。それなのに待ちぼうけを食って……花火大会の日もそうだっただろう。妻をないがしろにしすぎだと、いっそ怒ってくれ。寝坊させてほしいなんて、こんな俺のために気を遣うな」

　申し訳なさが言葉の端々から伝わってきて、たまらなかった。

「怒れるはず、ないじゃないですか」

感極まって泣きそうになりながら、こよりは顔を上に向ける。首すじにまで滴る汗に、なぜだかふっと表情が緩む。と、唇を強引に押しあてられた。

情熱を荒削りのまま差し出すようなキスだった。

「こより」

焦点も合わないほど近くで、楸は熱っぽい目をする。

そして言った。

「好きだ」

もう黙ってなどいられないというような、衝動的な告白だった。

「きみが、好きだ」

重ねて言われても、理解できなかった。聞こえているのに、耳の中で響くばかりで頭に入ってこない。好きだと、楸は言っただろうか。

好き……きみが、好きだ？　きみって誰？

目を見開いたきり固まったこよりは、楸に抱き上げられてもまだまばたきを忘れていた。

脱衣所に運び込まれても、バスローブを脱がされても、待ちきれないとばかりに深い口づけを与えられても。

10　旅先で甘いHを

（好きって、楸さん、そう言った……？）

思考停止に陥ったこよりを、楸は荒っぽい口づけでさらに翻弄する。

こよりはもはや、息継ぎをするだけで精一杯だ。

ブラを外されても、ショーツを脱がされても、されるがまま。顎に唾液が滴ったが、恥ずかしがるどころか、楸にそれをいやらしく舐めとられる間も棒立ちのままでいた。

「ん……」

ぼんやりしたまま、シャワーブースへと運び込まれる。電話ボックスのような細長い空間は、大柄の楸と入るとすこしの余裕もなくなってしまう。

頭から温かいシャワーを浴びせられて震えると、背中にとろりとボディーソープを塗られた。

「ひゃ、っ……あ……！」

既視感のあるシチュエーションだ、とくすぐったさに身悶えながら思う。

あれは初夜。自宅のバスルームでも、こんなふうに泡だらけにされて洗われたのだった。

(じゃあ、これ、夢?)

寝ぼけた頭が、こよりに都合のいい夢を見せているのだろうか。

でなければ、ありえない。楸から、好きだと言われるなんて。

全身をまさぐる大きな掌に流されながら、こよりは楸の胸にしがみつく。と、塗りつけられた泡の所為で、隆起した筋肉の上に白い乳房がぬるりと滑った。

「あ、んん……っふ」

漏れた甘い声は、さらなるキスで押し戻される。

背骨《じ》を焦らすように、撫で下ろす指が苦しいほど切なかった。初めて一緒に入浴したときよりずっと、自分の体が急いているのがわかる。

これもまた、夢の中だからだろうか。

だとしたら、照れる必要もない。本能のまま、両腕を楸の腰に巻きつける。

そうして楸を逃げられなくして、胸の膨らみを割れた腹筋にぬるぬると押し付け、下腹部で雄のものをくすぐった。楸がそこに力を持つまで、時間はかからなかった。

「もう、入っちゃいそう……ですね」

うっとり囁くと、いきなり体を反対に返された。

ガラスの壁に、両手をつく格好だ。背後からぬめった体で覆い被さり、楸は乳房を捏ねてくる。先端をきゅうきゅうと摘まれると、下腹部が痺れだして膝が震えた。

「楸さ……き、て」

このまま繋げられても、夢の中なら大丈夫だろうと思う。

こよりは乞うているのに、楸の手は止まらない。普段愛撫しないような二の腕や背中、さらにうなじまでじっくりと撫でられて、こよりは胸までべったりとガラスにもたれる。

「っひ、さぎさん……、挿れて、くれないんですか」

すると楸はシャワーヘッドを壁から外し、泡だらけの体を清め始めた。もう上がろうというのだろう。ベッドへ移動するつもりなのだ。そこで繋げてもらえる、と歓喜したこよりだったが、直後に前から秘部にシャワーをあてられて、飛び上がる羽目になった。

「ヤ、な、なにを……っ」

わざとらしく割れ目を撫でられると、楸の指はとろりとぬめる。ボディーソープをそこに塗られた覚えはないから、こよりのもの、に違いなかった。

「やっ、あ」

現実だ。夢じゃない。

確信したのは、秘部にあたるシャワーの感覚が鮮明だったからだ。

(だとしたら、こんなところで繋がるなんて、無理……っ)

焦って、こよりは体勢を変えようとする。

しかし、弾みでヒップが楸の下腹部に行きあたった。そこにしっかりと起ち上がってい
たものを、煽るように押し付けてしまう。

「……っ……！」

期待感でぞくっと肩を揺らしたときには、腰を抱えられていた。楸は息を荒くして、片
腕でたやすくこよりを持ち上げる。先端をぬかるむ場所に滑らせ、入口を探り始める。

「あ、っや、ま、待って」

「挿れてほしいと、ねだったのはきみだろう？」

ガラスにもたれて立っていたこよりは、足の裏が床から離れておおいに焦った。しかし
楸はこよりを宙に浮かせたまま、ゆっくりと押し入ってくる。

「っ……こんな、狭いところ、で」

「……ク……」

「ん、ァあ、っ、そんな、いっぺんに……ぃ、い」

「がっつくなと言われても無理だ」

はあ、と楸は息を吐く。

「俺がきみに惚《ほ》れていると知っていて、煽ったんだろう」

半ばまで収めたものを、こよりの腰を引き寄せることで最奥まで一気に押し込む。狭い空間はひとたび甲高い嬌声《きょうせい》に満たされたが、長くは続かなかった。

ややあってこよりの唇から、恍惚とした甘い吐息がこぼれる。

それを待って、楸はいきり立ったものをゆるゆると動かし始める。

「あ、あ……っんぅ」

両足が浮いている所為か、擦れ合う内側の刺激ばかりがダイレクトに伝わってくる。抱えられた腰を勝手に動かされ、楸のものをしごかれるのもひたすら快かった。

腕に力が入らず、乳房をガラスに貼り付けてよがる姿は、外から見たらどんなに卑猥だろう。

想像してぞくりと襞を震わせると、思い出したようにシャワーを接続部に向けられる。

「ひぁッ、ア、や、なんっ……なんで、え」

先に浴びせられたときより激しく感じるのは、快感に伴って割れ目の間の粒が膨れ上がっていたからだ。花弁の隙間に収まり切れなくなったものが、雫《しずく》をダイレクトに受けてこよりの腰を溶かしてしまう。

「あぅ、あっ、あ、シャワー、だめ、え」

「ああ……こんなに締めながら、どこがだめ、なんだ……」

「んんァっ……ひぁ、っ、だって、きちゃう、こんなの、すぐきちゃうか、ら」

こよりはかぶりを振って訴えたが、楸はやめるどころか、腰を抱えていた腕をほどき、その手で濡れた茂みを探る。膨れた陰唇を指で左右にめくり、真っ赤になった粒の根もとにまでシャワーを念入りに浴びせてくる。

「あんっ、ぁ、ヤ、今、動かない、でぇ、っ」

そのうえ、後ろからばちゅばちゅと突かれたら、急激に膝の感覚がなくなった。太ももが情けないほど震え、普通なら立っていられない状態だが、狭い空間につっかえる形でこよりの体は留まっていた。

「ヤ、シャワー、だけでも、やめ……っ」

訴えながら肩越しに振り返ると、唇までをも奪われる。

「んうっ……ふ、ぅっ……ん、ん……！」

足もとで、ばしゃばしゃとお湯が流れていく音がする。一瞬、その音が遠ざかる。ああ、くる。限界を感じて身を固くするも、直後には腰が大胆に揺れていた。

「っく……ぅ、あ、あ……！」

びくびくと痙攣する内側に、楸のものはより深く入り込んでくる。もっとよくなれとばかりに先端を奥に押し付けられ、ねちっこく撫でられるうち、こよりは一瞬、意識を飛ばしていたらしい。気づけば接続を解かれ、楸の形に広がったそこに、シャワーをあてられていた。

その後、バスタブに浸けられた気もするが、よがることに夢中であまり覚えていない。

弛緩《しかん》した体は、手際よくバスタオルで包まれ、ベッドルームへと運ばれた。こより自身にさえ、己の体重を意識させないほどの筋力が見事だ。ベッドには、意図したようにうつ伏せで寝かされた。振り返る間もなく、背後から覆い被さられる。

「……好きだ」

一度告げてしまえばもう留めておけないとばかりに、好きだよ、と楸は囁く。

わたしもです、とは、言わせてもらえなかった。ちゅ、と唇をついばまれた直後、楸がこよりの脚の付け根に、滾ったままのものを押し付けたからだ。

ゆるゆると、入口を擦られる。繋げられると思い、こよりは息を呑んだが、楸は楽しむようにそこを行ったり来たりする。

「あ、ぁ……」

欲しい。欲しくてたまらない。それだけで頭がいっぱいになってしまうのは、まだ、楸の欲を内側で受け止めていないからだ。

焦らすように蜜口をこすこすと撫でる先端の、硬さとなめらかさ。

たまらなくて、こよりは枕にしがみつきながら腰を浮かせる。軽くお尻を振って、欲しがる。

「くださぃ……っ楸さんの、はやく、ここ、に」

「ここって？」

わざとらしく尋ねる楸は、どことなく意地悪だ。

というより、これがもっとも楸の本性に近いのかもしれないと、ぼんやり思う。

「こ……こ、です……っ」

太ももの間から手を伸ばし、こよりは楸のものを掌で軽く押さえる。腰だけを高く上げ、濡れたままの蜜口に、先端を合わせて自ら導き挿れようとする。

(挿れて……。欲しい、楸さんの)

涙目で訴えると、雄のものはようやくぐっと埋め込まれた。

「あ……あ、これ……え」

襞をならすように押し広げられる感覚は、シャワーブースで繋がったときよりさらに快かった。二度も弾けたあとだからか、あるいはシャワーで血行がよくなっていたからか。奥へ奥へと入り込みながら尾てい骨の裏を擦られる感覚に、うっとりするしかない。

しかし半ばまで屹立を呑み込んだときだ。

接続部から、ぬるいものがどっとあふれた。

「ひ、ぁ……っやぁ、な、に……っ？」

驚いて腕を持ち上げ、胸の下から脚の付け根を覗く。と、透明の液が太ももを伝って、あるいは直接繋がっているところから、シーツへとみるみる滴っていた。

(わたしの……？　でも、こんなに)

こよりの内側から染み出したものというには、さらりとして量も多い。

そこまで考えて、やっとひらめいた。入り込んでしまっていたお風呂のお湯だ、と。

「いっぱい出ちゃ……ぁ、あ、だめ、止まって……え」

「我慢しなくていい」

「っで、でも、んぁっ、まだ出て……っいや、ぁ……見ちゃ、嫌あ」

みるみるシーツに増える染みが恥ずかしく、こよりは顔を伏せる。

そうして恥じらう様子にも、楸は煽られたらしい。ぐんと太さを増した屹立は、直後、残りの部分をすべてこよりの中へと押し込まれた。

「……——っ‼」

残っていた内側のお湯が、ぷしゃっと飛び散る。

気を失いたくなるほどの痴態だ。が、恥ずかしさを感じている暇はなかった。

体の下にぶら下がっていた両胸を、やわやわと揉まれる。限界まで入り込んだ屹立は、濃厚な口づけのように角度を変えて、丸い先端で行き止まりを突いた。

「楸さ……っ、あっあ……っわたし、もぅ、覚えちゃっ……てる」

「ッ、何を……だ？」

「楸さんの、かたち……うれしい……うれしくて……もいっかい、きちゃ、う」

絶頂の予感にぶるっと震えると、屹立は一層熱心に最奥をこする。

これだろう、とばかりに胸の先を撫でられたら、我慢などできなかった。

一度越えた堰《せき》はあっけなくなっていて、こよりは簡単に次の到達を迎える。

「あ、あ、っ！　ひ、さぎさ、っ……楸さん、んァあんっ」

跳ねるように腰を揺らして悶えよがると、顔中がいっそう淫らにとろけていった。

「っは……きみは、乱れるときも毎回、一生懸命で……本当にかわいい」

痙攣がおさまらないうちに楸は腰を振りはじめ、こよりの中はぐずぐずに崩れそうになる。

（もう、全部よくて、わたしがわたしでなくなっちゃいそう）

　こよりはもうだめ、とかぶりを振って訴えたが、聞き入れてはもらえなかった。内側が痙攣しっぱなしだったから、本当は悦《よろこ》んでいると思われたのかもしれない。

「ああ……また、か？」

「ヤ、ぅ……はぁっ……は……ん、ん」

　さらに達して倒れ込みそうになると、腰を抱えられ、がちがちに張り詰めたもので内側をめちゃくちゃに撫で回された。

　濃厚な快感の連続に、焦点すら合わなくなってくる。

　襞がいっそう強く押し広げられたのは、こよりの声が嗄《か》れはじめた頃だ。

　狙いをつけて奥の壁に吐きかけられた熱の気配が、なにより心地いい。

　ほうっとため息をついて意識を手放そうとすれば、繋がったまま体を表に返され、膨れきって弾けそうな秘芽をするりと撫でられた。

「ひ、ぁ……は、はぁっ……あ、きもちいいの、終わらないの、ぉ……っ」

「ああ……中が、嬉しそうにうねって……いる」

「……っ、あ、あ、もっと……っ、ひさぎさんの、なかに、いっぱい……ほしいっ」

やがてこよりが嬌声すら上げられず、ふうふうと息をするだけの状態になった頃、楸は二度目の欲を吐き出してベッドに体を投げ出した。

翌朝、こよりは見知らぬ天井に一瞬驚いて、すぐに、ああ、と思い出す。

（昨日、ホテルに泊まったんだっけ……）

広いベッドに仰向けのまま、左を見て、右を見る。そしてぎょっとした。楸がすぐ隣で、己の左腕を枕にし、こよりを見つめていたからだ。

「おはよう」

「お、おはようございます。起きてたんですか」

「ああ。いつものジョギングの時間に目が覚めて、しばらくきみの寝顔を見ていたんだが、三十分ほど隣の部屋で軽く筋トレをしてきたところだ」

見れば、楸の前髪は濡れている。筋トレのあと、シャワーでも浴びたのだろう。はだけたバスローブの胸もとが、わずかに紅潮しているのが色っぽい。

「旅先でもするんですね、トレーニング」

横に寝返りを打ち、向き合いながら問う。素肌を流れるシーツの感触が、心地いい。

「するつもりはなかったんだが、必要に迫られて」

「必要、といいますと」

「きみの寝顔があまりに無防備で、かわいくて、側にいたらまた我慢などできなくなりそうだったから、すこし体力を発散させてきたんだ。効果は、あまりなかったが」

ちゅ、と右のこめかみに衝動的な口づけを受けて、こよりはじわじわと赤くなる。思い出したのだ。昨日、楸に好きだと告白されたことを。

まだ信じられない。だが、本当ですか、とは尋ねるまでもなかった。

続けて頰に押し付けられた唇は、愛おしさをもう隠してはいない。

「い……いつからですか……？」

こよりはシーツに目の下まで埋もれるようにして、尋ねた。

「うん？」

「いつから、わたしを、好きでいてくださったんですか」

「結婚前。そうだな。恋だとはっきり確信したのは、見合いの日だろうな」

無言だっただろう、と楸は言う。

「庭に出て、ふたりになったとき。私は気の利いた会話もできないし、見合いと言えば毎回、その先がうまくいかなかった。だが、あの日は違った。沈黙したままでも、不思議と過ごしやすかった。そこで思い出したんだ。七年前もこうだった、と。きみは私の沈黙を嫌がらないどころか、自然と受け入れてくれていた」

見合い当日、楸がそんなことを考えていたとは思いもしなかった。

七年前の想いまで今、届いていたのだとわかった気がして、胸が熱くなる。

では、お見合いを思い立ったのは？　と聞こうとしたら、シーツ越しに口づけられた。

「焦って、私を想おうとしなくていい」

「え」

「ゆっくりでいい。今は、私がきみを想っているということを、知っていてくれるだけで充分だ」

こよりの想いが自分に向いているなどと、微塵も予想していない口ぶりだ。言ったら、驚くだろうか。どう伝えたらいいだろうか。

考えながら、こよりはゆるゆるとシーツから顔を出す。

「もう、想ってますよ」

「うん？」

「楸さんのこと。わたし、もう、想ってます」

予想どおり、驚いたように黒い目が見開かれる。

まるでぽろりとこぼれ出てしまいそうな瞳を見つめ返し、こよりはさらに言った。

「好きです。楸さんのこと。男性として、七年前よりもずっと」

しかし楸は唇を半開きにしたきり、言葉を発しない。まだ信じられないのかもしれない。

「本当ですよ?」

首をちょっと傾げて見せると、楸は焦ったように言う。

「だが、きみには、ほかに想い人が……」

「想い人? いませんよ、楸さんしか」

「いや、言っていただろう。お見合いの日に。好きな人がいる、と」

言われて、今度はこよりのほうが目を剝いた。

「アケミさんとのやりとり、聞いてたんですか⁉」

「すまない。職業柄、聞き耳を立てる習慣がある」

では、ずっと楸はこよりに好きな男が別にいる、と思っていたのか。

本音をなかなか口にしてくれないのも、遠慮されていたのも、その所為だった?

「ご、誤解です! 好きな人がいるっていうのは、口からでまかせです。当初、わたしはお見合いをしたくなくて。これ以上堅実になりたくなかったから、それで……」

懸命に弁解するこよりに、楸はまだ訝しげだ。

「ならば、通勤鞄につけている、男物のキーホルダーは」

「キーホルダーって、黒いのですか？　はるちゃんにもらったものですけど。えっ、もしかしてあれ、好きな男性からもらったものだと思ってましたか⁉」

楸はこくりとうなずく。

それから無言で数秒ほど考え込み、ベッドに仰向けでぱたりと倒れた。

ごつごつした両手で顔を覆い、大げさなほど長いため息をつく。

「いなかったのか、好きな男……」

心なしか、耳が赤い。

まるで少年のようだと、こよりは何故だか思う。

楸の体は大きく、全体で見れば大人の男以外の何物でもないのだが。

「……他に好きな人がいるのに、お見合いを承諾するように見えました？」

「いや。そんなふうには思っていない。他に想う相手がいたのに、見切りをつけて私の手を取ってくれた。だからますます大事にしなければと、せめてキーホルダーがきみの鞄から消えるまでは、想いを押し付けまいと決めていたんだが……昨夜は、耐えきれず……」

節の目立つ指がわずかに開き、その隙間から黒い瞳がのぞく。

ハスキー犬のような、鋭いが愛情深く穏やかな瞳。かわいいと思う。

「大好きです」

　こよりはたまらず、顔を寄せて楸の額にキスをした。

　同じ『好き』という言葉でも、七年前とは違う。完璧なヒーローに守られて幸福を感じていたあの頃、失恋の先でそのヒーローを支える決意をする日が来るとは思わなかった。

　すると楸が勢いをつけて、がばっと立ち上がる。

　顔を両手で覆ったまま、カーペットに下りていきなり腹筋運動を始める。

「な、なにをしてるんですか、楸さん」

　こよりはぎょっとせずにいられなかった。

「放っておいてくれていい。すこし発散する。こんなのは、完全に想定外だ」

　発散。先ほども聞いた言葉だ。

　そうでもしなければ手を出しそうだったから、と楸は言っていた。すると、今も同じ状態なのだろう。察して、こよりはベッドの下を覗き込み、楸を呼ぶ。

「戻ってきてください、楸さん」

「いや、まだ……こんなものでは、有り余る体力を削《そ》ぎきれない」

「削がなくていいですよ。発散するなら、わたしで、してほしいです。なんて……」

　言いながらチラとシーツを持ち上げて見せると、楸はすぐに戻ってきた。後悔しても知らないぞと囁かれもしたが、楸にならどんな後悔をさせられてもかまわないと思った。

「今は、俺の顔を見ないように」

「どうしてですか」

「どうしても、だ」

注意の言葉と一緒に、体を引き起こされる。またうつ伏せに組み伏せられるかと思いきや、楸はこよりを後ろ向きに、椅子に腰掛けるように太ももの上に跨がせた。

後ろから両胸を掴まれた直後、すでに硬直したものを、下から押し付けられ……。

「え、あ」

戸惑っている間に、先端を入口に咥えさせられていた。こんなにすぐ、挿れられるはずがない。こよりはそう思ったが、いとも簡単に半ばまで入り込まれてしまう。

昨夜、ねだって内側に出してもらったものが、潤滑油の役割を果たしたのだ。

「んあ……っあ、溢れちゃ……っ」

「問題ない。また、すぐにいっぱいになる」

「そういう意味じゃ……っ、あ、あ」

抱きつきたいのに、楸は後ろにいて、腕が回せない。

不安定な体勢のまま、両胸を揉みしだかれつつ張り詰めたものを受け入れる。たどたどしく腰を振りはじめると、下から跳ね上げるように揺さぶられ、あっという間に弾けた。

それからチェックアウトする寸前まで、楸はこよりを離さなかった。

一般的な男性よりずっと体力のある人だとはわかってはいたが、正直ここまでとは予想外だった。帰宅して荷ほどきをする前にまたベッドルームへと連れ込まれながら、こよりは思い知ったのだった。

体力を削がなくていいなどと、二度と口にしてはならない、と。

11　本当の告白

旅行から二週間――。

こよりにとって、毎日が予想外の連続だった。

「おはよう、こより。今日も可愛い」

目覚めから、待ち構えていたように口づけられる。楸はすでにジョギングも、帰宅後のシャワーも、あまつさえ朝食の準備まで終えていて、パジャマ姿のこよりを横抱きにして食卓へ連れて行く。

「口を開けて。ほら、今日はズッキーニのスープだ」

「じ、自分で食べられますよ？」

「私がやりたいんだ。さあ」

出勤まで、離れているのは身支度を整える間くらいだ。

お弁当を作ろうとするとすかさず隣に来て手伝うし、その際、十秒に一回は口づけられる。

　好きだ、愛してる、きみと結婚できてよかった……愛の言葉を囁くのも忘れない。

　帰宅後はさらに度が増し、一緒にお風呂に入り、こよりの全身を洗い、髪まで乾かしてくれる。先週は爪もケアされ、化粧水までパッティングされて、困惑しきりだった。

（楸さん、こんな人だったっけ……⁉）

　結婚してからもわりと硬派なイメージだったから、まるで別人だ。

「通勤の間も一緒にいたい。送り迎えをしてもいいか」

「えと、楸さんの負担にならない範囲なら……」

「負担になるはずがないだろう。私がやりたいんだ。では、毎日送迎させてもらおう」

「毎日⁉」

　そして二週連続、毎晩ベッドに沈められ続けたとき、こよりはこのままではいけないと強く思った。甘やかされるのもいちゃいちゃできるのも嬉しいが、鍛え上げられた楸と運動嫌いのこよりでは基礎体力に雲泥の差がある。

　このままでは、体がついていかなくなる。

「あの、次の週末は、どこかへ出かけませんか？」

　苦肉の策で、そう提案した。外へ出かけるのも体力を使うため、激しい寝技に付き合うのと大して変わらないのだが、とにかく今はベッドから出るのが最優先だ。

断られるかもしれないと思ったが、楸は意外にも明るい調子で「そうだな」と頷いた。

「ちょうど、私も先日の埋め合わせがしたいと思っていた。きみの希望で街歩きをするはずが、ほとんどできなかったからな」

「いえ、それはもういいんですけど……」

「どこか、行きたいところはあるか？　次こそ、きみの希望を叶えたい」

そう問われて、こよりは頭を捻《ひね》った。

行きたい場所。

買い物も体力を消耗するし、ドライブはうっかり助手席で眠ってしまうかもしれない。なにせすでに眠い。どこか落ち着いた場所で食事……いや、大して時間が潰れない。何かないだろうか。家から出られ、かつ体力を必要とせず、なおかつ一日潰せそうな場所は。

そして、妙案をひらめいた。

「海！　サーフィンする楸さんを見てみたいです」

海辺の楸はきっとすてきだろうし、ありあまる体力をサーフィンで削れる。

対するこよりは浜辺でのんびり体力温存、来週に備えられて言うことなしだ。

　こうして迎えた週末、ふたりは楸の馴染みの海岸を訪れた。

　浜辺に降りると、潮の香りがぐっと近くなる。夏を過ぎた海水浴場は閑散としているかと思いきや、波打ち際にはビーチパラソルが並び、親子連れの姿も見られた。

「わあ、けっこういますね、サーファーさん！」

　つばの広いハットを飛ばないように押さえ、こよりは海面を眺める。

「ああ。秋はサーフィンのベストシーズンだからな」

　一年ぶりだという楸は、白地に青のラインが入ったサーフボードを抱えていた。先週、仕事帰りに実家から持ってきたものだ。半袖短パンのウエットスーツは、太ももと二の腕の部分がはちきれそうで、胸板の厚さも一目瞭然だ。

「サーフエリアはこっちだ」

　楸に手を引かれて浜辺を行くと、すれ違う人々が次々にこちらを振り返った。

　それぞれ楸の見事な肉体を、尊崇《そんそう》の目、あるいは驚きの視線で見つめている。中には屈強そうな男性もいたが、楸と並べばたちまち小者になってしまう。

（浜辺でモテたんじゃないかな、って想像したことがあったけど……）

　心配する必要はなかった。

浜辺の楸は神々しく近寄りがたいほどで、皆、遠巻きに見るばかりだ。

「わたし、このへんにシートを敷いて見てますよ」

砂浜を日傘で示すと、海の方から誰かが小走りでやってくる。

青いサーフボードを抱えた、肩幅の広い男性だ。近くに荷物を置いているサーファーだろう。

そう思い、目を逸らしたこよりだったが、

「兄貴!」

と呼ぶ声にぎょっとした。よく見れば楸の弟、柏だった。

「母さんから聞いたぞっ。週末、波乗りするからうちにボード取りに来たって。水くさいな、誘ってくれよ。誘ってくれないから、待ち伏せしちゃっただろっ」

楸は眉間を押さえ、厄介そうに頭を抱える。すまない、とこよりに短く詫びる。

こよりはもはや笑うしかなかった。想定外の場所で柏と出くわすのは、これで二度目だ。

春日の隣の部屋に不審者がやってきた騒動以来。よく会うというかなんというか。

柏はすでに海に入っていたらしく、ウエットスーツが湿っている。

楸が陰なら柏は陽で、同じような体型でも放つオーラがキラキラしている。兄弟で並ぶと、明らかに周囲から浮いている……もちろん、いい意味でだ。

柏は濡れた前髪を搔き上げながら、遅れてこよりに気づいたらしい。

「あ、こよりちゃん！　一緒だったんだ」

「こ、こんにちは」

「ん？　こよりちゃんが一緒ってことは、これデート？　俺、来ちゃいけなかった？」

柏が気まずそうに口もとを押さえるのと、楸が長いため息を吐くのは同時だった。

ともあれ、楸がサーフィンをする姿を見る、という目的は変わらない。こよりは砂浜にレジャーシートを敷き、座って日傘を開く。楸は柏とともに海へ入っていき、幾度も波に乗った。

ふたりは、まるで双子のイルカだ。

海面を滑る姿はしなやかで、強くて、そして凛々しい。

遠くから手を振られるたび、ああ、連れは自分なのだと自覚してどきどきした。

「はあ、やっぱこの時期の海は最っ高！」

兄弟が連れ立って戻ってきたので、こよりは飲み物を買いに海の家へ向かった。

楸が行こうかと言ってくれたのだが、ただ座っているのも疲れたし、見学だけで一日を終えるのも味気なかったので、お使い役を買って出た。

よく冷えたスポーツドリンクを二本と、麦茶を一本買って、引き返す。

レジャーシートに並んだ肉体美の兄弟に背後から近づいて行くと、柏の声が聞こえた。

「兄貴、部署を移る気はないの？」

遠慮がちな声に、どきっとして立ち止まる。

「兄貴なら、希望すれば親父《おやじ》と同じ警務部人事だって一発じゃん。署長経験者で警務部なんて、そう通れる道じゃないよ。俺だって、キャリア組だったら一度は希望するけどな」

どういうことだろう。警務部？　エリートコース？

署長だったという話も、今までこよりは聞いた覚えがなかった。途端に、ふたりのいる世界から弾き出された気分になる。

「兄貴、裏金の件でずっと疑われてきただろ。最近、なんて言われてるか気づいてる？　お見合い結婚したのがいい証拠だな、だよ？　兄貴が組織内に恋人を作らなかったのは、ボロを出さないためだったんだー、なんて思われてるんだよ」

「噂話くらい、気にするまでもない」

「そうは言うけど！　兄貴はこよりちゃんのことが純粋に好きで結婚したんだろ。他人に邪推されたら、悔しいに決まってるじゃん。兄貴はそうじゃないのかよ」

どくどくと、こよりの脈は濁流のようになる。

柏は裏金と言っただろうか。ボロを出さないため……？　楸は警察組織の中で、何か悪いことに関わっている?

いや、ありえない。正義感の強い楸に限って、犯罪に手を染めはしない。

(でも、それならどうして、話してくれないの?)

楸が次に何を言うのか待ったが、無言だった。駆け足の心臓が、痛い。

柏も不本意そうに、言葉を繋いだ。

「エリート街道驀進《ばくしん》しろよ。なにも、生安なんかで燻《くすぶ》らなくてもいいじゃん」

「……『なんか』?」

「いや、別に軽んじてるわけじゃないけど、でもさ」

「聞かなかったことにしておく」

語尾を食う拒絶は、こよりが初めて耳にする厳しい声だった。

会話はそこで終わったのに、こよりの足は砂に埋もれたように動かない——動けない。

耳元で、鼓動がばくばく響く。

「……っ」

思わず、踵《きびす》を返《かえ》した。海の家まで走ると、追加で焼きそばを三パック購入する。

調理に、十分ほどかかったのが救いだった。その間落ち着かなきゃ、と自分に言い聞かせ続けた。楸に後ろめたいところはない。信じているのなら、動揺する必要はない。

どうにか気持ちをなだめ、再び、レジャーシートまで戻った。

「お、ちょうど俺、腹減ってたんだ！　ありがと、こよりちゃん」

迎えた柏は普段どおり、先ほどの暗い声が嘘のようだ。

「気安く呼ぶなと忠告したはずだ」

「えー。だってこよりちゃんがいいって言ったんだもん。ね、こよりちゃ——うぐっ」

柏の脇腹に楸の肘が入り、柏は悶えながら砂に倒れ込む。

どこかで見たような光景だ。ああ、自宅に柏を呼んで食事会をしたとき。あのときも、楸が柏に何かしたのだろうか。などと思い出しながら、こよりは平気な顔をして笑おうと努めた。


考えすぎないようにしよう。楸には楸の事情があって、こよりに語らないということは、つまり職務上明かせないような話なのだ。詮索するわけにもいかない。

そう胸の中で唱えるのに、どこからか不安が湧いてきて渦を巻く。

裏金だとか、疑われているという話は無実だとしても、こよりとの結婚が発端で、楸が職場であることないこと言われているのは事実なのだろう。楸の気持ちを思うと、いてもたってもいられない気分になる。

楸は予想していたのだろうか。

こよりとの結婚が、妙な誤解を招くということを。

(そもそも、楸さんはどうして、わたしとのお見合いを望んだの……?)

告白されたときに訊ねておくべきだった。こんな話を耳にしたあとでは、尋ねづらい。

後悔しても過去は変えられず、だから余計にぐるぐると考えてしまう。

「まずは豆腐か。何丁必要だ?」

売り場の前で立ち止まった楸が、振り返って問う。柏と別れて帰宅する前、ふたりはスーパーへ立ち寄ったのだ。買うべき食材は、朝、メモに記して持参してきた。

しかしこよりはぼうっとしたまま、返答もせずに楸の脇を通り過ぎる。

すぐにカートの持ち手を摑まれ「待て」と止められたが。

「あ、な、なんでしょうか」

「豆腐は何丁いるかと聞いたんだが……大丈夫か?」

日曜のスーパーは人の入りも七割といったところで、まっすぐにカートを押すことはできない。ぼんやりした状態で、誰かにぶつかってしまわなくてよかったと、こよりは反省した。

「すみません、大丈夫です」

「無理をするな。暑気にやられたんだろう。レジまで、抱いて行く」

「い、いえっ！　とんでもないです、歩けますっ」

今の楸なら本当にやりかねないと思うから、こよりはぶるぶるとかぶりを振って断った。

「お豆腐……お豆腐ですね。じゃあ、ええと、三……いえ、五丁もらえますか」

「五丁？　多くないか？」

「いいえ、湯豆腐をしようと思うんです。ヘルシーだし、たんぱく質もたくさんとれますから。梅ダレと、葱《ねぎ》ダレと、ごまダレと……あとは豆板醤《とうばんじゃん》のピリ辛ダレで……」

平静を装っても、思考の大半が楸と柏の会話に支配されている。

もっとも不安なのは、このままでいいのか、ということだ。

何も知らされていない。彼を支えるべき妻である自分が、楸の足を引っ張っている。

考えると申し訳なくて、一歩進むごとに床にめり込んでいく感じがする。

やはりうわの空でカートを押して行くと、通路の角を曲がり損ねて陳列棚に後輪をぶつけそうになった。危ない、とこよりを制した楸は、すぐさまデニムのポケットを探る。

「残りの買い物は、私が済ませよう」

メモ紙を手から引き抜かれると、そこに車のキーが握らされた。

「きみは先に車に戻って、休んでいてくれ」

「え、で、でも」

「熱中症だったら心配だ。私もすぐに戻るから」

口調にまでふんわりした気遣いを含められ、こよりは反論の言葉を呑み込んだ。

はい、と大人しく頷き、すごすごと車に戻る。何もなかったように振る舞うのが、こんなに難しかったことはこれまでになかった。楸の無表情が、いかに鉄壁かを知った気分だ。


それから帰宅するまで無言だった楸が、次に口を開いたのはダイニングだ。

「こより、ちょっといいか」

購入してきた食材を片付けていたこよりは、冷蔵庫の扉を閉めて顔を上げる。と、キッチンの出入り口を塞ぐように、楸がそびえていた。

「体調が悪いわけではないのなら、私の目を見てくれ」

「な、なんですか、いきなり」

「今日の昼頃から、ずっと目が合わない」

指摘されて、どきっとする。図星だと、言われてから気づいた。意識していたわけではないが、あの話を聞いてしまってからというもの、まともに楸の顔を見ていない。

これでは不審がってくださいと言っているようなものだ。

「そんなことないですよ」

笑顔を作りながらも、こよりはまだ楸の目を見られない。直視したら、ボロが出そうで。

「……すみません、先に、お風呂の準備しちゃいますね」

理由をつけてその場を去ろうとしたが、みっちりと筋肉の詰まった腕で阻まれる。

「何かあったのか」

「いえ、まさか。何もないです」

「本当に？　聞いていたんだろう。海岸での、私と柏の会話を」

確信のこもった声に、思わず肩が揺れる。

よもや言い当てられるとは、思っていなかった。

「あのとき、きみの足音が背後でしていた。以前話しただろう、私には聞き耳を立てる習慣がある、と」

「……わ、わかっていたなら、どうしてこんな、試すようなこと……」

「きみから、素直に尋ねてほしかったんだ。私に気を遣いすぎるのは、そろそろやめてほしい。喧嘩したとき、約束しただろう。溜め込む前に不満を言うこと。本音で語り合うこと。忘れたのか？」
それを言われてしまうと、もはや言い逃れはできなかった。こくりとうなずく。
まだ足搔《あが》きたい気持ちもあったが、こよりは観念して、裏金、警務部、さらには
そして打ち明けた。部署を移らないのかという柏の提案から、聞いてしまったことを。
「わたしで……本当に良かったんでしょうか。楸さんの、奥さん。楸さんはわたしが沈黙
こよりとの結婚について噂されている件まで、
を受け入れてくれたからだって言ったけど、そのくらい他の人でもできるんじゃないかっ
て……」
楸は終始承知していたように相づちを打って聞いていたが、こよりが悄然《しょうぜん》とそう言っ
たのを聞いて、短く息を吐いた。憂いというより、決意の吐息だとこよりには思えた。
「おいで」
優しく導かれたのは、リビングのソファだ。真ん中にこよりを腰掛けさせると、楸はこ
よりの正面、床にあぐらをかいて座る。そして、こよりの両手をそっと握った。
「俺が警察官を志した理由を、きみに話したことがあったか？」
突然、何を言うのだろう。疑問には思ったが、はい、とこよりは返答する。
「七年前、お電話で。確か、市民の味方になりたかったから、と。でも、それが一体」

不思議そうな視線を受け止め、楸は穏やかに「聞いてほしいんだ」と言う。

「私のすべてを知ってほしい。私が、きみとの見合いを望んだ理由も」

どきりとして、こよりは背すじを伸ばす。

ずっと知りたいと思っていた。もう目の前に答えがあるのだと思うと、緊張感で喉の奥がきゅっと狭まった。

＊＊＊

綾坂楸は、幼い頃から「街のお巡りさん」を目指していた。

いつも市民の声の届くところにいて、困りごとを解消できる。『正しさを貫き、傷ついた者には寄り添う』ことをモットーとする、警察官になりたかった。

にもかかわらず、デスクワークが中心のキャリアを選択したのは、父の影響だ。現在警視監の座にいる偉大な父は、長男である楸に大きな期待を寄せていた。

無口なだけで『骨のある男』と称するほど。

『柏の性格では、出世どころか入庁すら怪しい。だが楸、おまえなら確実だ。おまえになら、代々、警察組織に身を捧げてきた綾坂家を任せられる』

自分が拒否すれば柏にその重責が課せられると思えば、拒否もできなかった。

父の導きに従って学歴を身につけ、言われるまま笑顔さえ封印した。

警察官になりさえすれば、あとは自由になると甘くみていた部分もある。

実際は自由になるどころか、父の名が常についてまわると知ったのは、入庁後だった。

『綾坂さんの息子さんだね。どうぞよろしく』

初めて着任した警察署では、署長直々の歓迎が待っていた。

なにしろ、楸の父は高い階級だけでなく、警務部人事第一課長の経歴を持つ。

警務部人事第一課は警察組織内の犯罪を取り締まる、いわゆる警察の警察だ。

綾坂の名を聞いただけで恐れる者、かえって甘い態度で接してくる者もいて、楸は戸惑った。そしてその事実は、裏金の発覚という最悪の事態を暴くことに繋がる。

『楸、よくやった』

楸が署内の裏金を発見したことで、満足したのは父だけだ。

偶然とはいえ、身内の罪を告発した楸を、皆、腫れ物のように扱った。

やはり父親の手先だったのだと、言われるのはまだいい。酷《ひど》いのは、やがて警務部に入る日のために、楸が日夜不正の芽を探して歩いている、という噂だった。

楸にその気はなかったが、父も乗り気だった。

『楸、おまえにこそ私の跡を任せられる』

警察を取り締まる警察官になどなれば、ますます市民から遠のく。

思い描いていた理想の警察官像には、一生、手が届かなくなる。

嫌だと言えればよかったのだが、幼い頃から父の背中をひたすら仰いできた楸には、それが不思議とできなかった。父の期待に応える人生が、当たり前になっていたのかもしれない。

そんなときだ。

ひったくりに襲われた、こよりを助けたのは。

「当時、私は己を見失いかけていた」

一言一言、据えるように丁寧に発する楸を、こよりはじっと見つめている。

「傷つき、涙するきみを見て、このままではいけないと強く思った。それまで抱いていた理想さえ、浅はかだったと気づいたんだ。敷かれたレールを行くのも、幼い頃からの淡い夢を追うのもやめた。そして私は、警務部ではなく生活安全部を志すようになった」

「じゃあ、楸さんが犯罪のない街づくりをしようと思ったのって……」

「きみとの出会いがあったからだ」

実際に異動が叶うまでは、数年の時を要した。

署長を経験したのはその頃で、傍目《はため》にはまさに、エリート街道のど真ん中を歩んでいるように見えただろう。父含め、周囲は皆、寸前まで楸が警務部へ進むと信じて疑わなかったようだ。

誰もが、生活安全部という想定外の進路に驚いていた。

『いいことじゃない。お母さんは楸を応援するわよ。柏だって憧れだった犯罪捜査の任についいて、楽しそうなんだし。楸だって、やりたいことをやったほうが絶対にいいわよ』

そう言って背中を押してくれたのは、母だけだ。

父の言葉に従って笑顔まで捨てた息子を、密かに心配していたのだろう。母の説得があって、父もその後、楸の人生に口を出すことはなくなったのだが——。

「あの、もしかして」

そこで、こよりが右手を顔の横に挙げる。

「柏さんが言ってた『疑われてる』って、あれ。楸さんが裏金隠しの犯人かもしれないって意味じゃなくて、お父さまの手先なんじゃないか、ってことですか？　生活安全部に異動したことも、お父さまの指示で、裏金を見つけに来たと思われたとか」

「そうだ。後ろめたいところがない人間でも、私を前にすれば皆、縮み上がる」

「……そんな」

「悲しい顔をしなくていい。悪いことばかりじゃない。私がいるだけで部下はたるまないし、たまに私が現場に出ても、誰も文句など言わない。それで、きみにも再会できた」

「わたしに……？」

楸はうなずき、こよりの手をしっかりと握りなおして語る。

折鶴百貨店で行われた防犯セミナーの日。楸が密かに見学に訪れていたのは、防犯意識が一般にどこまで浸透しているのか、直《じか》にこの目で見て知りたかったからだ。

もちろん、日常の仕事内容には含まれないイレギュラーな活動だった。

そこで痴漢に襲われる役を演じていた、こよりを見つけた。

七年前の女子高生だと思わなかったのは——。

おびえるようにうつむき、化粧もして顔立ちも変わっていたからだ。ましてや役を終え、壇上から下りてきたこよりは、今にも倒れそうなほど青ざめていた。

「最初、きみとの見合いを望んだのは、力になりたいという気持ちからだった。きみは真っ青になりながら、祈るようにお守りを握り締めていた。職業柄、何かあるのだろうと察してね」

どうせ見合いなど成立しないし、結婚にも興味はない。

だから、会うならせめて力になれる相手がよかった。

職務外でも、市民の役に立ちたかった。

「そう……だったんですか」

「だが、名前を聞いて驚いた。乙瀬こより……忘れもしない。そして私は悟ったんだ。きみが握り締めていたものが、私の渡した合格守だったことを」

たまらなかったよ、と楸は本音をこぼす。

無表情が崩れかけているとわかっても、止められそうにない。

「自ら希望して着任した生活安全部でも、私は腫れ物扱いで、当初は燻りかけていた。そんな私でも、きみは……きみだけは、支えにしてくれていた。そうと知った瞬間、私がどれほど感動に震えたか、きみは知らないだろう」

一度ならず二度までも、年の離れた彼女が迷いを祓《はら》ってくれるとは思わなかった。

「どうしても、もう一度会いたかった。きみの素性を知った上で、私は見合いの話を進めてほしいと申し出た。そのときはもう、力になりたい、という気持ちではなかった」

こよりの瞳が揺れている。その目に映る自分がどんな顔なのか、楸には想像もつかない。

苦しくもあって、切ないのに頬が緩む。笑っているのかもしれない。わからない。

「最初に信念を改めさせてくれたのがきみなら、迷いながら進んできた日々を残らず認めてくれたのもきみだった。この状況で、どうして好きにならずにいられる？」

もっとも、恋だと自覚したのは見合いの席で、だったが。

きみが好きだと、楸は改めて告げた。

「私が人生をともにするのは、きみ以外にいない。誰に、何を言われようとも」

ぱたりと、手の甲をひと粒の雫が叩く。

こよりの頬にはなだらかな輪郭に沿って、きれいな筋ができていた。

＊＊＊

明かされた真実は、楸の半生そのものだった。

出会った当初、いや、再会してからもしばらくの間、こよりにとって楸は、まるきり違う世界に生きる人のような気がしていた。完璧なヒーロー、正義の味方だと。

まさか、己がそこまで深く楸の人生に関わっていたとは、予想もしていなかった。

「よかっ……わたし、楸さんに、知らないところでずっと、迷惑をかけてきたんじゃないかって……」

濡れた頰を拭おうとしたが、楸の手に包まれるほうが早かった。

太い親指が、幼い子供にでもそうするように、左右の頰を同時に撫でる。

「そんなことはない」

「っ……わたしこそ、楸さんしか、考えられないです」

「ああ」

「楸さんだって、わたしの人生を変えてくれた。ひったくりから助けてくれて、そのあともずっと、わたしを支え続けてくれた……」

きっと、こよりだけではないだろう。楸に救われ、支えられた人が、ほかにもたくさんいるはずだ。そして楸はその事実を、鼻にかけるどころかまだまだ足りないと思っている。

考えると、誇らしい、を通り越して眩いくらいだ。

「好きです。楸さんが思うより、わたし、楸さんが好き」

床に膝をついて、広い胸に飛び込む。

まだ伝えきれない気持ちは胸にたくさんあるのに、言葉にならなかった。すべてが絡まって、ひとつになって、すこしも解けないから引っ張り出せない感じだ。

胸を焦がすような恋がしたいと、思ったときもあった。胸の内をさらけ出さなければいられないほどの、衝動を取り戻したかった。

今は、知らなかっただけなんだ、と思う。

衝動なんて瞬発的なものでは、押し出せない感情がこの世にあることを。

「こより、今度こそ、俺の目を見てくれ」

乞われるまま顎を持ち上げると、鼻先をちゅ、とついばまれる。

帰宅してから初めて、まっすぐに目を見つめ返せた。

「重くなかったか？」

「え？」

「二度も人生を変えられたとか、それで好きになったとか、重すぎるだろう。早々に打ち明けたら重荷になるんじゃないかと思って、黙っていたんだが」

心配そうに覗き込んでくる瞳が、なんだか人間らしくていいなと思う。

「重くなんかないです。うれしいだけです」

「本当に？　俺に気を遣っているんじゃないか」

「違いますって。というか……楸さん、素に近いときは『俺』って言いますよね」

照れ隠しにちょっと笑うと、楸の目はぽつんと点になった。今、自覚したというふうだ。

ハスキー犬というより、穏やかな馬っぽく見えないこともない。体力的に言っても、多分、馬のほうが近い。そう言ったら、眉をひそめられるだろうか。

「素か。そうだな。今のは……ただ余裕がないだけかもしれないが」

「余裕……」

「きみが腕の中にいるだけで、俺の理性はほぼほぼ限界なんだが？」

問い返されたときには、担ぎ上げられていた。毎回のことだが、あまりにも楸の腕に余計な力みがなくて、雲になったような気分にさせてくれる。

ふわふわと連れて行かれたのは寝室で、やはりふんわりとベッドに横たえられながら、こよりは楸の首にぎゅっと抱きついた。

服を残らず脱ぎ捨てても、腕や髪からまだ磯《いそ》の香りがする。

着替えの際、全身シャワーを浴びた楸より、こよりのほうがずっと海を引きずっている。

目を閉じれば、潮騒《しおさい》が聞こえそうなくらいに。

首すじに舌を這わせて、塩味だ、と楸は呟く。

「やっぱり先に、お風呂のほうが……、んん……」

それが叶わないことは、腰に巻きついたたくましい腕が伝えていた。

鎖骨に押し当てられた唇は、胸の膨らみの間を通ってゆっくり下りていく。膝を開かれ、太ももを抱えられ、おへその下でちゅ、と音を立てられたら、直後に楸の顔が秘所に埋まった。

「は……はぁっ……」

赤い舌が、割れ目を伝う。閉じた場所にすこしずつ入り込まれ、ゆっくり上下に動かされたあと、上部にある粒を急き立てるように舌先で転がされる。

恥ずかしさで、気を失いそうだ。けれど目を閉じようとすると「俺を見てくれ」と低く言われる。視線を落とせば、まっすぐにこちらを見つめる瞳と視線がぶつかる。

「きみにも、もっと俺を意識してほしい。俺が、きみを意識するのと同じくらいに」

「っ……意識してますよ……？」

「まだ足りない」

目を合わせたまま、じゅうっと割れ目の粒を吸われる。

「ひぁ、あんっ」

「好きだ。……好きだよ」

甘い囁きとともにそこを味わう様を見ていると、下腹部が切なく震えた。手指の先からつま先までもが、気だるくなるほど。

思わず入口を締めれば、ぬるいものがあふれ出す。

（や……、このまま舐められてたら、すぐにきちゃう……っ）

こよりは懸命に耐えようとするのに、楸はさらに「見るんだ」と、割れ目から舌を離して見せた。ふっくらと盛り上がる花弁から、蜘蛛《くも》の糸のように繊細な糸がつうっと引く。

「っは……、は、ぁ……っ」

恥ずかしい。呼吸の仕方が、わからなくなりそうなほど。

だが、限界まで引き出された羞恥心は、妙な喜悦を呼び覚ましもした。消え入りそうな思いさえ、楸から褒美として与えられているかのような。

太ももを大胆に開き、割れ目にしゃぶり付かれるのをうっとりと見下ろす。

やがて起ち上がった赤い粒が花弁の隙間に収まりきれなくなると、楸は頭を振って唇をそこに擦り付けた。はみ出した先端だけを執拗に刺激され、こよりは自然と腰を揺らす。

「あ、ぅ」

と、触れられてもいない胸の先まで徐々にすぼみ、起ち上がっていった。尖るだけ尖って、放っておかれっぱなしの突起が苦しい。わななく蜜口に急かされ、自ら両手で胸の膨らみを摑む。

「ひ、楸さ……っ」

ねだるように差し出せば、応えて楸は体を持ち上げ、無骨な指で頂に触れた。

それぞれ、親指で押し込むように刺激される。押さえつけられてなお、ふたつの粒は勃つのをやめない。それどころか余計に頑なに、そして敏感になっていった。

「あ、んぁっ……」

感じすぎて背中を丸めかけると、腰を抱く格好で仰向けに倒された。ちゅ、と口づけられたのは首すじだ。ハイネックでもなければ隠せない位置を強く吸い、それでも楸はこよりの胸の先端だけをこりこりと弄り続けている。

「んんぅ……ッあ、ァ、楸さん……も、っと……ほかのところ、も」

「ほかのところも？」

「ほかのところも、さわって……ぇ」

腰をくねらせて懇願すると、割れ目の上にずっしりとしたものがのせられた。はちきれそうに怒張したそれは、一瞬、ひくりと跳ねて見せる。その熱さ、硬さ、重さに、ああ、入り込まれると期待して待ったが、動くのはやはり、胸の先を弄る指先だけ。

「あ、あ」

ほしい。欲しくて、反り上がった男のものに目が釘付けになる。

「ひ……さぎさん、はや、く……」

早く繋げて。入ってきて。応えて、張り詰めきった屹立はぐっと押し込まれる。

「ん、あ」

しかし、半ばまで進んだところで、すぐに引き抜かれた。

「や……っ」

こよりの中に激しい渇望感を残し、硬い陰茎《いんけい》は割れ目の上を滑る。

ごつごつした側面を前後して擦り付けられると、内壁が切なくひくついた。

「ぁ、ア、どうして、抜いちゃうんです、か」

「もっときみに、欲しがられたい」

「も、欲しがってます……欲しい、のに……っ」

「足りない」

ずりずりと秘所を擦られながらかぶりを振れば、指で割れ目をぱくりと割られた。無垢《むく》な色を剝き出しにした状態で、さらに雄杭《ぐい》をなすりつけられて、こよりは上擦った喘《あえ》ぎを漏らす。

「いやあ……っ、中、中にして、ぇ」

以前も焦らされたことがあったが、今回はそのとき以上だ。単に挿れてもらえないのではなく、挿れた感覚を思い出させられたうえでまた空っぽにされる苦しさは、段違いだ。

こちらから腰を浮かせて咥え込みたいが、根もとをぴったりと押し付けられた状態では、どう頑張っても叶わなかった。

ますます欲しくて、涙が滲む。

「いっ……いれっ……て……楸さんの、挿れてぇ……ぇ」

大人になっても恋愛対象には見られない、と言っていた人とは別人だ。

柔らかな乳房を左右から寄せるように摑まれ、揉み込まれる。それもわずかな間で、今度はぴんと尖った先端に触れるか触れないかというところを、さわさわと撫で回された。

「ひ、ぁっ、やぁァんっ、あ、あ、これ、だめ……っ、いや、いやぁ」

全身をのたうたせ、こよりは半泣きで楸に縋り付いた。

こんなふうにじれったいばかりの抱かれ方は初めてだ。耐えきれず楸の腰を足で引き寄せ、根もとに割れ目を押し付ける。と、いきなりぐちゅんと入口を割られた。

「ぅあ、ア」

奥を一度打たれただけで、内側が激しく達してしまう。

びくびくと腰を跳ね上げて快感に浸ることよりだったが、楸はまたもやあっけなく腰を引いた。

「ヤっ……」

ひくひくと痙攣する内側を空っぽにされ、困惑の中で涙目になる。その後も、挿れては抜き、抜いては挿れて、楸はこよりを焦らし続けた。

「はあっ……は……、ぁ、あ……」

固くすぼんだ乳頭をつまみ上げ、こしゅこしゅとしごかれる。

下半身は悲鳴をあげたくなるほど切なさを訴えていたが、こよりにはもはや、抵抗する気力もなかった。ぼんやりと、胸の先を見つめる。丹念にしごかれ、愛《め》でられ続けるふたつの小突起を、眺めながらまた、昂ぶっていく。

（なか、楸さんのがないのに、きゅうきゅう締まって……いっちゃいそ……）

たまらない気持ちで腰をくねらせたところで。楸がまた覆いかぶさってくる。やはり繋げてはもらえなかったが、唇を塞がれ、舌を差し込まれる。

「ん、んん……ふぁ、ん……」

そうして口づけを受け入れていると、巌《いわお》のような屹立が、左の膝にあたっていることに気づいた。たまらず手を伸ばす。蜜口にあてがおうとしたが届かず、そのまま左手で握る。

（硬くて……熱くて、ごつごつして……これ、すき……好き……）

愛でるように全体を掌で撫でさすると、胸の先への刺激は激しさを増した。

三本の指できゅっとつままれてはひねるように捏ねられ、離されてはつままれて。弄られ続けた乳首は、やがて、軽くつつかれただけでこよりの腰を跳ね上げさせるほどになる。

「可愛い……」

気まぐれに左の乳首を舐められたら、こよりは内側がきつく窄《すぼ》まるのを感じた。

「っ……い、い……もぉ、きちゃうぅ……」

下腹部はどこも触れられていない。割れ目も、内側の粒も、放置されたまま。ましてや繋げられているわけでもないのに、込み上げてくるのは本物の絶頂感だった。

「……我慢できな……っきもちい、い……くる、っ……」

耐えきれず、背中を浮かせて大きく弾ける。

びくびくと腰を揺らすたび、蜜が溢れてしぶくのがわかった。恥ずかしいのに、止められない。入口がさかんにひくつくのも、体の上で持て余した乳房が揺れるのも。

無意識のうちにしっかりと握ってしまっていた雄のものは、直後に手の中から消えた。

痙攣する内側に、ぐっと入り込まれる。きっと出て行ってしまう、とこよりは覚悟したが、根もとまで押し込まれたそれは、最奥にゆるゆるとなすりつけられた。

「ああ……もう、限界だ」

まもなく楸は息を詰め、いっぺんに欲を放つ。

容赦なく与えられる熱の勢いに、こよりは恍惚と背すじを震わせた。

「……ッ、悪い……調子に、乗りすぎた」

楸は萎える気配のないそれで、こよりの内側をゆるゆると撫でながら詫びる。

とろんとした目をしながらもこよりは楸をむうっと睨《にら》んだ。

「消化不良です。許しません……っ」

「い、いや、本当にすまない」

狼狽える姿が新鮮で、思わず笑ってしまいそうになる。

「うそです。もう一回、今度こそちゃんとしてくれたら……許してもいいです」

告げた唇は、我慢ならないと言いたげなキスで塞がれた。ゆったり差し込まれた舌を夢中になってしゃぶれば、ご褒美のように雄のものがまた、質量を増す。

「限界まで……次は、抜かないことにしよう」

「ん、んぅ、ンン……ふ、ぁ」

放ったものを馴染ませるような動きに、こよりは応えて腰をくねらせる。それだけでも充分快かったが、楸はこよりの割れ目を同時に撫でて、内と外、両方から快感で攻め立ててくる。

中に、とねだっていられたのはいつまでだったか。

愛してる、という言葉を聞きながら、意識を手放したことだけは覚えている。

12　妊娠がわかりまして

車窓を流れる雲が、まばらに鱗《うろこ》を描くようになった頃――。

折鶴百貨店のショーウィンドウには、冬物のコートが等間隔に並んだ。

ぬいぐるみのようなボア襟に丸いくるみボタン、フレアの裾に革のパイピング。街路樹が寂しげになるほど行き交う人は厚着になって、まるで地面に花が咲いたようだ。

「お待たせしましたっ」

職場で購入したニットワンピースにコートを羽織り、ファーのピアスを揺らして玄関を出る。ストールと手袋は余計かとも思ったのだが、念のため身につけた。裏起毛のぶ厚いタイツもだ。

楸はスーツにコート、首もとにストライプのマフラーを巻きながら待っていた。

「かわいいな。いつにも増して。服、新しくしたか？」

「いえ。こないだ食事に行ったときも、この服でしたけど」

「……言われてみれば」

「今もまだ、服まで意識がいかないんですか？」

「ああ、きみしか見えない。今から室内に引き返して、独り占めしていたいくらいに」

「だめですよ！」

唇を奪われそうになって、慌てて回避してエレベーターに楸を押し込む。

想いが通じたあの日以降、楸は相変わらずだ。こよりにすこぶる甘く、愛《いと》しさを隠そうとしない。

いや、以前より度が増したと言うべきか。秋まではなるべく人前でべったりしないように心がけている様子も見られたが、最近の楸は人目を憚《はばか》らない。とにかくこよりが可愛くて可愛くて、好きで好きでたまらないという気持ちを一日中前面に押し出したきりなのだ。

地下の駐車場で自家用車に乗り込めば、向かうのは三十分ほどの距離にある区民ホール。今日は、楸が区役所主催の防犯イベントで講義をする予定なのだった。

「きみは控え室で待っていてくれてもかまわない」

ハンドルを切りながら言われて、思わずえー、と不満の声が漏れる。

「楸さんの講義を聞くために一緒に行くのに、待ってたら意味がないじゃないですか」

「人混みは苦手だろう？　今日は部下たちもやってくるし、そこそこの人出になる」

「大丈夫ですよ！　人混みも物音も、もう克服しましたし」

「本当か？　だが、そうだとしても別の心配がある。きみほどかわいらしく清楚な女性を、会場内の男が放っておくはずがない。知らない男に、声を掛けられるかもしれない」

「人妻に何を心配してるんですか」

防犯イベントでナンパなどする強者はそうそういないだろう。

（まず、これまでの人生でモテたことなんてないから、心配はいらないのに）

こよりは苦笑するが、最近、実は職場でもきれいになったと評判らしい。春日が言っていた。皆、こよりに何があったのかと春日に尋ね、結婚したのだと話すと納得するという。

「じゃあわたし、会場の隅にいますね」

区民ホールに着くと、こよりは最後列のパイプ椅子に腰を下ろした。

壁際に立っていようかとも思ったのだが、最近、すこし動いただけでどっと疲れる。立ちくらみもたまにあるし、万が一にでも倒れたりしないよう、座っているのが安全だろう。

『――では、警視庁生活安全部総務課長である綾坂楸さんにお話をうかがっていきましょう』

早々に、楸は壇上に立った。

警視庁で行われている取り組みの紹介に始まり、地域おこしに連動して防犯対策を行った自治体のケース、それから今後の課題をなめらかに紹介していく。

原稿をもとに話すのであれば、例の無口ぶりは発揮されないらしい。

といっても、最近の口説き文句連発の楸を、今もまだ無口と言うかどうかは怪しいのだが。

「……ままぁ」

すると、通路側からつんつんとコートの腰のあたりを引っ張られる。見れば、身長百センチにも満たないであろう幼い男の子が、こよりのコートをしっかと摑んでいる。

「まま」

「えっ」

産んだ覚えはない。

人違いだ。椅子に座ったまま、すぐに周囲を見回す。近くに保護者がいるかと思いきや、周辺を行き交うのは男性ばかりだった。焦って子供を探している母親は見当たらない。

迷子だ。

(ええと、どうすればいいんだっけ。花火大会の日、楸さんは何て言ってた？　ああ確か、はぐれた場所から離れない、って。ひとまずここで、お母さんらしき人が通りかかるのを待つ？)

しかし男の子は、くるりと振り返って駆け出してしまう。

「あっ、ちょっと、うそ、待って！」

急ぎ、こよりは子供の後を追った。人混みの中に入ってしまっては危ないし、はぐれた場所から離れては母親と出会えなくなる。

どうにか追いつき、捕まえたときには息切れがした。これ以上、駆け回る体力はない。

仕方なく、こよりは男の子の手を引き、防犯教室の運営本部へと足を運ぶ。

「すみません、迷子を見つけたんですけど……」

本部と書かれた部屋をノックすると、直後にスーツ姿の男性が飛び出してきた。いかにも爽やかなサラリーマンといった風体で、仕事にでも向かうかと思いきや、こよりが連れている男の子を見るなり「あっ！」と声を上げる。

「捜したんだぞ！　なんで手を振り払って行っちゃうんだっ。パパとふたりでお出かけのときは、必ず手を繋ぐって約束したのに」

しゃがみ込んで子供を抱き締め、それから彼はこよりを見上げてぺこりとお辞儀をした。

「すみません、僕の監督不行き届きです……。わざわざ、ありがとうございました」

「いえっ。……パパさんと一緒だったんですね。わたし、てっきりママさんかと」

ママ、と呼ばれて、てっきり近くに母親がいるのだと思った。あれはつまり、こよりと母親を見まちがえただけだったのだろう。スーツ姿の男性なら何人か視界の中にいたのに、保護者として見ていなかったというのもある。

「きみ、パパと会えてよかったね」

しゃがみ込んで声を掛けたら、うんっ、と無邪気な笑顔で返される。

「お姉さんにありがとう、は？」

「ありだと！」

「ふふ、どういたしまして」

ずっと気丈に見えていたが、父親と再会した男の子はやはりほっとした様子だ。本当はずっと、気が張っていたのだろう。面影の通じる父子の姿に、いいな、と思う。顔を見ただけでゴールに飛び込んだような、無条件の無防備さが見られるなんて、きっと幸せだ。

「では、わたしはこれで」

楸さんの講義は終わってしまっただろうか。

そんなことを考えながら、うっかり勢いよく立ち上がって、後悔した。ざらっと、砂で視界を埋めるように、世界が暗転する。全身から、感覚が消える。

（いけない）

倒れる、と思ったときには、誰かに抱えられていた。大丈夫ですか、と焦ったように問う声がする。大丈夫です。ただの貧血です。悪い病気とかではないです。心当たりならあります。

きちんと言葉にできていたかどうかは、怪しい。

ほどなくして、遠くで、呼ぶ声がした。こより。こより、大丈夫か――あ、綾坂課長⁉

――代われ、妻だ。いや、救護室には寄らない。このまま、病院へ連れていく――。

目を開けると、助手席だった。適度な揺れと、走行音が背中を伝ってくる。倒したシートに寝かされ、こよりは車の天井を見上げていた。

「……楸さん……?」

「起きたのか。喋らなくていい。もうすぐ病院に着く」

「いえ、大丈夫ですよ。病院にかかるほどではないです」

「倒れておいて何を言う」

運転席の楸は、コートもマフラーも身につけていない。後部座席にも置かれている様子はなく、会場に置いてきてしまったのだろうと察する。

「あの、講義は？　楸さん、お仕事はどうなったんですか」

「問題ない。終わって、観覧席に降りたところだ。きみが部下に抱かれているから焦った」

「部下？　もしかして、お子さん連れのお父さんのことですか？　部下の方だったんですね。ああ、それでプライベートなのにスーツ……」

休日に、楸の講義を聴きにきたのだろう。楸が職場で恐れられているという話を思い出してこよりは納得したが、楸は厳しい顔のままだ。

「そんなことより、いつから体調を崩していた？」

「……え」

「倒れるくらいだから、ずっと具合が悪かったんだろう」

楸の口調には、明らかな怒りが含まれている。想いが通じて以降、もう何か月も甘やかされ続けてきたこよりには、久々に耳にする不機嫌な声だった。

「ごめんなさい……」

「詫びてほしいわけじゃない。体調について、きちんと説明してくれ。どこが悪い？」

「その……でも、まだ、はっきりそうと判定されたわけではなくて」

「判定？　何か検査でもしたのか。だとしたら、どうしてそのときに言ってくれなかった？」

「いえ、検査もまだです。正確な結果が出る週数には、達していないから」

「まだって、さっきからきみは何を言っている？　遠回しにされては不安が増すだけだ。不確定な話でもいい。頼むから、全部話してほしい」

なんとなく、そうかな、と予感しながらも黙っていたのは、楸をぬか喜びさせたくなかったからだ。まずこより自身、楸とそんな話をしてしまったら、舞い上がらずにいられなくなる。大喜びして、やはり違いました、となったら落ち込むのは目に見えている。

だから打ち明けずにいた。

だが、これ以上隠していることはできない。

覚悟を決めて、こよりは「たぶん、いるのかな……と」と告げる。

「……いる……というのは」

「赤ちゃん。来てくれたような、気がするんです」

来るはずのものが、もう五日も遅れている。

それだけでおかしいと思うのに、酷い貧血と疲れやすさがプラスされたら、疑わないわけにいかない。もしやと感じた日からずっと、コートにストール、手袋までして、体を冷やさないように過ごしてきたつもりだ。

楸は一瞬ぎょっとして、焦ったようにブレーキを踏んだ。沿道に、やや強引に停車する。

サイドブレーキを引く仕草は急いていて、丸い目ですぐさま顔を覗き込まれた。

「ほ、本当なのか」

「えと、だから、まだ確定じゃないんです。検査薬は買ってあるんですけど、生理予定日一週間後からじゃないと結果がちゃんと出ないから、あと三日くらいは待たないと」

「産婦人科には？　かかっていないのか？」

「それこそフライングですよ。市販の検査薬が先です」

「な……ならば今、俺は何をすればいい？　何か、俺にもきみにしてやれることは……あ、車に揺られるのもまずいんじゃないか。もっとそっと、慎重に家まで運ばないと。待て、そのまえに俺は昨夜もあんなに激しく……なんてことだ、何故予想できなかったんだ」

俺、俺、と余裕のなさも隠しきれず、冷や汗を流す楸が少しかわいい。

すこしは動揺するだろうと思っていたが、ここまでとはいい誤算だった。

「その、まず落ち着きましょうか、楸さん」

「落ち着けるわけがないだろう。き、き、きみが、妊婦かもしれないんだぞ」

「いえ、でも、そうだとしてもごく初期ですし」

「時期など関係あるか！　そうだ、早く父親学級に予約を入れねば」

「だから気が早すぎますってば……！」

その先も楸は車をのろのろと走らせては止まり、深呼吸をしては気分を落ち着かせ、こよりの体調を確かめてはまたアクセルを踏み……自宅にたどり着いたのは一時間もあとだった。

（未確定の今からこの調子で、これから大丈夫かしら）

真昼間から安静にとベッドに寝かされ、こよりは苦笑してしまう。

＊＊＊

三日後、楸は自らのデスクで普段通り仕事をこなしつつも、内心は落ち着かなかった。

『今日、半休をとって産婦人科に行ってこようと思います』

今朝、出がけにこよりがそう言っていたからだ。

市販の検査薬を先に使う予定だったのに、何故突然、先に病院へ行くことにしたのか。

何か不安な症状でもあるのかと尋ねた楸に『単純に今日、仕事が暇だからです』とこよりはあっけらかんと言った。『楸さんはお仕事でしょうから、ついてこなくていいですよ』とも。

(無理矢理にでも、ついていけばよかった)

楸は心配で心配でたまらなかった。

いざというとき市民の力になれるよう、鍛え上げられた体がまるで役に立たない。こんな危機は初めてだ。生命の神秘の前では、ただ待つしかない。とにかくもどかしい。

無の表情で眉間に深くシワを刻み、楸は書類に判をがしがしと押す。

あと十分もすれば昼食の時間だというのに、すこしも腹が減らない。

「あ、あの、綾坂課長……?」

そこに、部下がやってくる。以前、楸がフロアにいると息が詰まると言っていた男だ。彼はそして週末の防犯教室において、こよりの転倒を防いだ人物でもある。

「どうした」

「こちらの書類に関して、何点か、確認させていただきたいのですが」

仕事の話をしている間だけは、こよりについて考えずに済む。しかしそのスイッチも部下の話が終わった途端にバチンと、ブレーカーが上がったように切れてしまう。

(こよりはもう職場を出ただろうか、いつ結果が聞けるんだ?)

休憩時間になり、スマートフォンを確認したが、こよりからの連絡はなかった。定時まですっとこの、生殺し状態でいなければならないのか。あまりにもしんどい。

コンビニで調達してきたサラダチキンを手に、頭を抱えかけて、ふと思い出す。

「おい、ちょっといいか」

そう声を掛けた相手は、先ほどの部下だ。弁当を持って休憩室にでも行こうとしたのだろうが「はいっ」と裏返りそうな声で応えて、背すじを伸ばした。

「なんでしょうか、綾坂課長」

「別室へ来てくれ。二、三、尋ねたいことがある」

フロアにいた者たちがざわついたが、楸は眉根を寄せたまま、奥の扉を親指で示した。まさに閻魔大王の裁定開始だ。どんな不祥事を働いたのかと、訝しむ視線が部下についてくる。

当然、部下は小部屋に入るなり、縮み上がってがばっと頭を下げた。

「先日は、まことに、たいへん、申し訳ありませんでしたっ。綾坂課長の奥さまとはつゆ知らず、多大なるご迷惑をおかけいたしまして……！」

呼ばれた理由を、週末の出来事にあると思ったらしい。裏を返せば、その程度しか心当たりのない、真っ当な警官であるという証拠だ。

「いや、きみには妻を助けてもらった。まずは礼を言おう。それに、わざわざ休日を使って講義を聴きに来てくれたことも、ありがたかった」

一瞬返事がなかったのは、閻魔が素直な感謝をするとは思わなかったからだろう。

「あ、は、はいっ。子供向けのコーナーもあると聞いておりましたので、視察にと……その、妻も家事で忙しそうでしたし、ほかに行くあてがなかったというのが、正直なところですが」

座りたまえ、と楸はパイプ椅子に座って着席を勧めたが、部下はぴしりと立ったままだ。

「いえっ！　ここで結構です。それで、お話というのは」

「ほかでもない。子供のことだ」

「こ……？」

「あの日、きみは息子さんを連れていたな。普段、子育てにはどの程度関わっている？　親になる心構えといえばなんだ？　いや、そのまえに、妻が妊婦になったときの対応についてだな。きみの休憩時間を削っては申し訳ないから、簡単でいい。リアルな声を、聞かせてほしい」

部下は顎が落ちん勢いで口を開け、飛び出そうな目で楸を見下ろしている。

生活安全部には不祥事を探しにやってきた（と思われている）、鉄壁無表情の鬼上司に突然教えを乞われたのだ。それも、子育てについて。顎が外れそうになるのも無理はなかった。

「もしかして奥さま、ご懐妊ですか……？」

「まだわからない。今、病院に行っている……私の心臓はすでに壊れそうだ……」

「そうなんですか⁉ では、先日倒れられたのも、その影響ですか」

多分な、と楸が答えたときだ。手の中のスマートフォンが震え出した。こよりからの着信だ。部下に断る余裕もなく、すぐに通話ボタンを押す。

「こっ、こよりか！」

『はい』

「病院には行ったのか。どうだ？ 結果は」

『はい。……五週目だそうです。ふふ。おめでとうございますって、言われました』

笑い声が、なんとなく鼻にかかっていた。涙声だ。つられて鼻の奥がつんとする。

こよりは続けて、心拍がどうの、また来週診察がどうの、と語っていたが、頭には入ってこなかった。とにかく気をつけて帰宅するように、帰宅しても無理に動かないようにと念を押し、通話を終えて会議用の折りたたみテーブルに突っ伏す。

胸のあたりが熱くて、身動きが取れない。

「綾坂課長……？」

遠慮がちに声を掛けられて、そうだ、部下がいたのだと思い出す。

「すまない。質問の答えは、またあとで聞こう。昼食をとってきてくれ」

「まだ大丈夫ですよ。その、奥さま、なんとおっしゃってました？」

「五週目だそうだ」

「やったじゃないですか！」

肩をがしっと摑まれた。上下関係に厳しい組織にあって、部下から肩に触れられたのは初めてだった。部下もその前提が消し飛ぶほど、楸を身近に感じたわけだ。

「も、申し訳ありません、つい」

直後に焦って詫びられたが、楸がのろりと顔を上げ、目が合ったらなんとなくおかしくて、一緒になって噴き出した。操り人形の紐《ひも》が緩むように身体中の力みが抜けて、楸は生まれて初めて個人的に――自分だけのために、街の平穏を祈った。

13 幸せな家族になります

妊娠八か月に至るまで、全力で駆け抜けた感じだ。

自分にご褒美をあげたいくらい、とこよりは思う。

年末のセール対応に、検診、母親学級に父親学級、出産準備。

中でも一番大変だったのは結婚式と披露宴の準備で、どうして式場の予約をした時点で、身重になる想定をしておかなかったのかと後悔したほど。とはいえ、楸はこよりの先回りをして家事をこなしてくれたし、こよりもつわりが軽かったから、わりと動けた。

(生まれてくるまえから親孝行だなんて、さすがは楸さんの子だわ)

思考もいい具合に親馬鹿が板についてきて、日々、楽しかった。

「明日の荷物、あれだけか?」

リビングのソファに腰掛け、洗濯物を畳んでいると、楸が廊下からやってくる。

「入院のための荷物も一応、車に積んでおいたほうがいいんじゃないか。式の最中に産気づいたら、必要になるだろう」

そうだ。明日は、ふたりの結婚式および披露宴が行われる。

つまりようやく、産前最大の課題が片付く日なのだった。

「あ、はい。入院用バッグはわたしの部屋にあるので、お願いしてもいいですか」

「ああ」

うなずいた楸は、こよりの部屋へ行くかと思いきやソファの右隣にすとんと座る。

「体調はどうだ？」

「すこぶる元気です」

「食欲は？」

「旺盛です。白いご飯がこんなにおいしいなんて、人生二十六年、初めて知りました」

応えたこよりの腹部に手をあて、楸は「おまえはどうだ？」と問う。すぐに動きはなかったが、ややあって、ぽこぽこと内側から腹を蹴られた。

「コミュニケーション、取れてますか、もしかして」

「賢い子だ。警官になれとは言わないが」

楸の心配性は健在だが、これでも最近はやや落ち着いてきたほうだ。

段差は絶対に回避、とか、スマートフォン以上に重いものは持つな、とか、過剰な反応は見られなくなってきた。慣れたというより、こよりが「大丈夫」と押し切るので、言えなくなった部分もあるのだろうが。

「……かわいいな」

楸の視線は次に、畳まれたばかりの産着《うぶぎ》に向かう。

自分たちで買ったり、互いの両親からいただいたりしたものを、今日、ついに水通ししたのだ。淡いグリーンにレモンイエロー、木肌のようなベージュ。

ふんわりした色合いの持つ、綿毛のようなたよりなさが、すこぶるかわいい。

「俺も生まれたばかりの頃は、こんなに小さかったんだろうか。抱いたら壊しそうで怖い」

「ふふふ。あんなに練習したじゃないですか、父親学級で」

「そうなんだが。やはり人形と本物ではちがうだろう」

「きっと、すぐに慣れますよ。生まれたら、毎日一緒ですもん」

「そうだな。実践あるのみ、だな」

楸は己の掌を、まるで手相でも読むようにじっと見つめた。

こよりは知っている。楸がもう何か月もこうして、父親になるべくあれこれ試みてきたことを。子育てについては部下に尋ねて回っているようだし、お下がりをもらったと言って、ベビーバスを持ち帰ってきたときには目を剝くほど驚いた。

『お下がりって、誰にいただいたんですか』

『直属の部下だ。今度、隣の課の産休明けの女性警察官が、読まなくなった絵本をくれるそうだ』

『はい……？』

　職場では敬遠されていると聞いていた。いつの間に、隣の課の人間とも子供の話をするほど打ち解けたのか。いや、子供の話をしたから打ち解けたのか——。

　こよりはすこし考えて、膝の上の産着を横に置きながら言った。

「わたし、最近知ったんですけど」

「うん？」

「警察のマーク、あるじゃないですか。警察署に行くと入口に掲げてある、金色の」

「ああ、日章か」

「そうです。あれ、わたし、ずっと星だと思ってたんです。ピカピカしてるし、人目を忍んで悪いことをしても見てるぞ！　って意味なのかなって。でも、朝日だったんですね」

　意外だったが、納得だとも思った。

「朝って、絶対に明るいですもんね」

って、朝はやっぱり夜とは全然ちがう。絶対に、闇には打ち勝てるんです」

そしてこよりはわずかに座り直し、楸と斜めに向き合う。

「わたしも、そういうお母さんになりたいな、って」

お腹を撫でながら言うと、楸の顔が吸い込まれるように近づいてくる。キス。出勤前やおやすみ前のキスは欠かさないが、そういう挨拶のキスとは触れ合った瞬間から違った。

そっとくすぐるようにされ、ゆっくりと舌を含ませられる。

何か月かぶりの、大人のキスだった。

新しい命が宿ったとわかった日から、肌を重ねたのは片手で数えられる程度。

しかし久々に濃いめのキスをして、こよりのほうが耐えきれなくなった。もっと触れたい。触れてほしい。触れ合いたいと、願ってしまった。

「んん……」

寄り添って横になり、口づけを交わしながら、こよりは右手を伸ばす。

「晴れでも雨でも曇りでも。どんなに荒れた天気でも、朝って明るいんですよ。薄暗くた
「うん……？」

指先でたぐり寄せたのは、立ち上がりかけた男のもの。まだ柔らかいそれを、手の中に握り込む。先端を親指でこすってみせると、重ねた唇の隙間から熱い吐息がこぼれた。

「……こよ、り……」

びくびくと脈を打つさまが愛おしく、期待感に背が粟立《あわだ》つ。

——もっと見たい……。

濃厚な口づけを逃れ、こよりが向かったのは楸の脚の付け根だ。堂々と形を成した太い枝のようなそれに、裏からちゅ、と口づけをする。

楸は焦ったように腰を引いたが、こよりに引く気はなかった。

「今日はわたしにさせてください」

「いや、だが」

「したいんです。だって、挿れても激しくはできませんし」

反り返ったその胴に、頬を寄せる。うっとりと頬ずりをすれば、楸は観念したように全身の力を抜いた。

目を合わせ、楸の様子を見ながら、先端をちろちろと舌でくすぐる。柔らかなその感触にたまらなくなって、頭の部分を口に含んだ。

「……ん……」

体内にあるときはもっと荒々しいもののように感じていた。しかしその表面は想像よりすべすべしていて、こよりを決して傷つけないようにできている――そんなところも愛おしかった。

「ふ、ぁ」

どこをどう撫でたら、悦くなってもらえるだろう。

全体に舌を滑らせつつ、こよりが思い付いたのは、感じる場所を探すことだった。

根もとから先端へ向かって、側面をつうっと舐める。それだけでも楸は息を呑んだが、舌先が小さな段差にあたったときだ。

ひくりと、その腰が浮いた。

「ここ、ですか……？」

こよりは狙いを定め、その段差にぐるりと一周、舌を這わせる。と、裏側の筋が目立つあたりで、楸の声が小さく漏れた。

「……気持ちいいんですね、楸さん」

「ど、うしてきみは、そう、何かと的確なんだ」

はぁ、と悩ましげな息を漏らすさまに、なんだかきゅんとしてしまう。

隆々とした筋肉を持つ、巌のような楸が、こよりの舌先の動きひとつに踊らされている

――こんな快感がこの世にあるとは思わなかった。

恍惚と微笑み、こよりは屹立を頬張る。そしてそれを美味しそうに半ばまで口に納めたあと、ゆるりとしごいた。

頭を持ち上げながら、わざと楸の弱い部分を舌で撫でる。弱ったように漏れる吐息が嬉しくて、段差を唇で小刻みに弾いたりもした。

「……ッ、やめ、ろ……快すぎる……」

「ヤです……ああ、楸さん、かわいい……これ、癖になっちゃいそう……」

ぐぷぐぷと音を立て、ますます激しく責め立てていく。

目の前の引き締まった体が、普段、厳格で潔白な職務のもとにあると思うと、背徳感まで湧き上がってきて余計に興奮した。

「んん、好き……びくびくしてる……」

「言……うな、限界だ」

「ふぁ……いいですよ、出しても」

どこで受け止めるとしても、それが楸ならかまわなかった。

尚《なお》も膨張していくそれを、とどめとばかりにキツく吸う。

「やめろ、本当に、もう」

それが本気の拒否でないことを、こよりは知っている。逃げ場をなくしてなお責められ、嫌と言いながらも弾けさせられる瞬間、どんなに心地いいか——。

はぁっ、と切なげな息が降る。直後、楸はぐっと息を呑み、そして勢いよく体を起こすと、こよりの頭を強引に退けた。

「え、ぁ」

口内から、屹立が完全に抜け落ちた瞬間だ。

生温かいものが、頬に数滴、当たったのは。

「ッ、ク……」

それが、放たれた精だとわかったのは、楸が筋肉質な肩を震わせたからだ。

とろり、と頬を滴り落ちる雫。

自分が導き出したものだと思うとたまらなくて、こよりは思わず舌をそちらにぺろりと出す。しかし、それさえ伸びてきた手に阻まれた。

「やりすぎだ……っ」

太い指でごしごしと頬を拭われながら、えー、と不満を漏らしてしまった。

「楸さんはもっとするじゃないですか」

「そういう問題じゃない」

「楸さんの所為ですよ。楸さんが気持ちいいこと、たくさん覚えさせるから、だから」

快感にすっかり弱くなってしまったのだ。

そう言おうとすると抱き寄せられ、横向きで寝かされた。後ろから、楸が覆い被さってくる。腰を抱かれ、ここ数か月で大きさを増した乳房を片方摑まれれば、あとは自然と、屹立の先が入口にあてがわれた。

「っ、あ」

失ったと思われた勢いが、すでに戻り始めている。いつもながら見事だ。

わずかに腰を突き出して応えると、先端はゆっくりと進んでくる。

そして半分ほど入り込んできたところで、奥を突かずにゆるゆると襞をこすった。

背後からの浅く接続されているのも、横向きで寝かされているのも、無理をさせまいという楸の気遣いのあらわれだ。

特別、大切にされている。想われている実感こそが、こよりをみるみる昂《たかぶ》らせる。

「んっ、あ、……あ……っ」

強い刺激は与えられていないのに、何故だろう。

ゆったりと波を起こすような楸の動きが、泣きたいくらいに快かった。

「あ……気持ちい……」

内側をキュウキュウと締めて快感を伝えると、うなじに唇を押し当てられる。

「っは……ぁ、う……」

「綺麗だ、こより」

白い膨らみをじっくり捏ねる手は、先端には触れてこなかった。焦れったいが、これもまた、こよりと新しい命を大切に思えばこそだ。背後に手を伸ばし、こよりは楸のものに触れる。収めきれずに余らせた部分に指を添え、楸が昇り詰めるのを手伝う。

やがて楸が解放のため息を漏らすと、こよりもまた、満たされて胸が熱くなった。


式場に向かう途中、満開のソメイヨシノを何本も見た。

産着のように淡いピンク色が、朝日を透かしてやたらと眩しい。控え室に入り、メイクを始めてからもちかちかと目の中に留まっていた残像は、やがて、チャペルを出たときに鮮やかなフラワーシャワーに取って代わられた。

「おめでとう!」

晴天に舞い散る、青、赤、黄色。まるで青色の画用紙に、クレヨンでぽつぽつと色を散らしたかのよう。純白のトレーンを引き、こよりは楸の腕に摑まってゲストの間を行く。

折鶴百貨店の上司たちに、大学時代の友人、従兄弟《いとこ》に親戚。

昔風にご近所さんまで招待したのは、綾坂家の招待客がとても多かったからだ。皆、快く「行くよ」と言ってくれたから、本当に助かった。

「おめでと、こーちゃん……」

仲人のアケミはそれ以上、もう何も言えなくなっている。ハンカチを握り締め、目を真っ赤にして。

「アケミさん、こんなに喜ばれるとは、こよりも楸も予想していなかった。

「そんなの、お見合いのときはお世話になりました」

「家族が増えたら、もう……うう……」

「家族が増えたら、会いにきてくださいね」

「ううう」

喜ばれている、というより、情に厚いアケミは感動に弱いのかもしれない。

もうすこし話したかったが、介添人に促されて先に進まないわけにはいかなくなる。

「こよりん！」

次に待っていたのは、春日だった。ほかの友人たちは前のほうにいたのに、ひとりだけやけに後方に立っていた印象だ。

「はるちゃん、来てくれてありがとう」

「ありがとう、じゃないよ。こよりん、体は大丈夫なの？」

「うん、大丈夫。合間合間で、休ませてもらってるから」

「なら良かった。つうか、それにしても意外だったよ。堅実と計画性の塊みたいだったこよりんが、身重でウエディングとか。呪いが解けたら、ブーストかかった感じじゃん」

「そ、そうかなあ」

「生まれたらだっこしに行かせてよ。あ、綾坂さん、こよりんのこと、お願いしますね。って、私が何も言わなくても、綾坂さんなら大丈夫だと思いますけど」

「ああ。これからも妻をよろしく頼む」

「お義姉さんも、ほんっとにおめでとう。いい式だね」

楸が警官らしいお辞儀を見せると、春日の隣から柏が「おめでと、兄貴」と割り込んだ。

本日の柏は品のいいスーツに身を包み、以前、春日に不審者扱いされていたのが嘘のように立派な紳士だ。

「ありがとうございます。こよりちゃん、ってもう呼んでくれないんですか？」

「あー……、えっと、うん。あれ以上、痛い思いしたくないから自粛」

「自粛って、なんの話？」

問うたのは春日だった。気心知れているような、ずいぶん気軽な口調だ。

「いや、なんでもない。春日ちゃん、今日、二次会行く？」

「うん。柏さんは？」

「行く！　春日ちゃんが行くなら行く！」

おや、とこよりは楸と顔を見合わせた。

柏と春日が、仲良くなっている。これはひょっとしたらひょっとするのかもしれない。

しかし、むやみにつついて台無しにしてしまってはもったいないので、静かにその場をあとにした。

直後、どっと地響きのような歓声に包まれる。

楸の部下やかつての同僚たちが、十人ほど待ち構えていた。

「綾坂課長！」

「課長っ、おめでとうございます！」

「儀礼服、めちゃくちゃお似合いじゃないですかっ」

そうだ。今日の楸は儀礼服と呼ばれる、警察官が纏《まと》える特別な最礼服を身につけている。

かっちりした黒のジャケットには、右胸に飾緒《しょくしょ》と呼ばれる金糸で編まれた紐飾りがほどこされ、襟には日章、肩にも凝った肩章があり、格別の雄々しさを醸している。

（白いタキシードもよかったけど、やっぱりこのほうが似合うな）

チャペル内では、白いタキシードだった。すぐに着替えて出てきたのは、楸が望んだからだ。警官らしくありたい、と。

「奥さま、課長のスマホの壁紙でいつも拝見してます」

見覚えのある男性部下に笑顔で言われて、飛び上がってしまう。

「えっ、ご、ご存じなんですか⁉」

「もちろん、みんな知ってますよ。課長、隠さないですし。週一で新しい奥様の画像に変えてるのも、たぶん、上司まで把握してるんじゃないですかね」

「そんなことになってたなんて……」

引かれているのではとこよりは心配になったが、むしろ部下たちは歓迎ムードらしい。

「今撮った画像送りますね」と言う部下に楸は「妻をアップで」とリクエストまでしていて、親しげなのが口調から伝わってくる。すっかり信頼関係ができあがっている雰囲気だ。

（よかったな。楸さん、最近は職場が和やかみたいで。けど、わたしの画像、週一で皆さんにお披露目されるのはちょっと……うーん、そのうち子供の写真に変わったり？）

煩悶《はんもん》しながら進むうち、両家の両親たちが見えてきた。

こよりの父と母はハンカチで目頭を押さえ、寄り添っている。楸の父と母は「しっかりやりなさい」と楸に声を掛けたあと、すかさず「こよりさん、体調はどう？」と気遣ってくれた。

「ウエディングドレスは重いでしょう。くれぐれも無理はしないでね」

「ありがとうございます。大丈夫ですよ。楸さんも支えてくれますし、これ、マタニティ用なのでけっこう過ごしやすいんです」

照れ笑いで、こよりはブーケに隠した腹部を撫でる。

ドレスの巧妙なパターンのお陰で、八か月のお腹もすっきりしたシルエットだ。妊婦だと言われなければ、誰も、こよりのお腹が大きいことには気づかないだろう。

「こより」

促されて石段を上ると、先んじて一番上までのぼりきった楸が、こよりを抱き上げて最後の段を飛び越えさせた。そのまま、抱き締められる。額に、愛おしそうな口づけを与えられる。

わっと歓声が上がる中、間近で見た楸はくすぐったそうに笑っていた。

「ふふ。最近楸さん、よく笑いますね」

「ああ。俺、魔王っぽくないか？　閻魔か？」

「まさか！　すっごく甘くてソフトクリームみたいですよ」

「ソフト……魔との落差が激しいな」

ハネムーンには、三人家族になってから出掛けるつもりだ。その頃には、もっとこの笑顔は自然であたりまえで、そしてひときわ優しいものになっているだろう。

より大きな幸せの予感に、こよりは胸を膨らませてブーケを投げる。空高く飛んだ百合《ゆり》は、日の光を受けて慎《つつ》ましくきらめいていた。

エピローグ

「よしよし。日和《ひより》、パパと散歩でも行こうか」

誕生から半年、ようやく首の座った娘に語りかける声が淡雪みたいに優しい。

当初、大きな体では付け外しがしにくそうだった抱っこ紐も、今は慣れたものだ。

筋肉質な体にきちっと留められていくベルトを見ていると、不思議と警視庁の黒いベストが思い出されて、こよりはくすっと笑ってしまう。

「お散歩、わたしも行っていいですか？」

「ああ。近くの公園をぐるりと回るだけだが、いいか」

「はい。あ、帰りにパン屋さんにでも寄りませんか。新しいお店が先週、近くにオープンしたんです」

連れ立ってマンションを出ると、楸の胸で短い手足がばたばた動く。

父親に似て、日和は体を動かすのが好きだ。家の外に出るのも好きで、散歩に行くとご機嫌になる。

むっちりと膨らんだ、白パンみたいな太もも。そうだ、プレーンな白パンでも買って、ランチはサンドイッチにでもしようと思う。

「楸さん、パンに挟む具は何が好きですか？」

「俺か？　サラダチキンか、鶏ハムか……」

「ジャムは？」

「好きだ」

「生クリームとフルーツとか」

「もっと好きだ」

「じゃあ、八百屋さんにも寄らなきゃ。サラダチキンとジャムは買い置きがあるし、生クリームも冷凍のが残ってるし。キウイフルーツと、みかんと、バナナも美味しいかも。というか楸さん、なんでそんなに甘いものが好きなのに太らないんですか？」

「それだけ動いているからだろう」

「ええ？　でも、消費カロリーより摂取カロリーのほうが絶対に多いですよ」

公園まで、細い路地をくねくね歩いて十分ほど。遊具にはすでに子供たちが群がり、ベビーカーを押す母親の姿もちらほら見られる。

木陰を歩き始めると、日和は楸の胸でとろとろと眠りはじめた。先ほどまで元気にはしゃいでいたのが嘘のようだ。半開きの唇、ふくふくの頬に平和な木漏れ日が落ちる。

喧騒《けんそう》を避け、ふたりは小声で話しながら住宅街を行く。

アケミから送られてきた、大量のベビー服の話。

先週、乙瀬家へ日和を連れて行ったときの話。

平日、春日とカフェで会った話。そのとき聞いた、柏から告白されたという話。

そろそろ離乳食を始めようかな、とか、また楸さんのサーフィン姿が見たいな、とか。

「そうだな。そのうち、三人で海へ行こう」

「はい。喜びそうですね、日和。お風呂も大好きですし、波を見て喜びそう」

水平線を見るように、楸が空を仰いだ。

「ああ。大きくなったら、波乗りも教えたい。朝のランニングも一緒に行きたいし、ああ、こよりと並んで料理をしているところも見たい。想像が尽きないな」

「ふふふ、付き合ってくれるといいですね、日和」

「そのうち、お父さん嫌い！　とか言われるんだろうか……」

「大丈夫ですよ、楸さんなら」

なんでもない話が、尽きない日曜。

焼きたてのパンの匂いが幸せに鼻先を過ぎると、くわあっ、と小さな唇が、大きな大きなあくびをした。

思わず声を上げて笑いそうになって、同時に「しーっ」と人差し指を立てた。当たり前の一日が、今日も特別幸せに過ぎていく。

【了】

あとがきに代えて　番外『初めましての真相』

知らん顔で、初対面のふりをする意図はなかった。

「綾坂楸と申します。初めまして」

楸は本当は、久しぶりと言うつもりだったのだ。元気だったか、と。

なのに咄嗟に、いつものルーティン――乗り気でない見合いを平常心で乗り切るための挨拶――が出てしまった。動転していた。

離れにやってきたこよりが、あまりにもきれいだったから。

(こんな子だったか？　本当に……彼女なのか？)

儚《はかな》げな色白の肌。控えめなパーツが綺麗に収まった顔立ち。驚きに見開かれた瞳は小動物のようで、全力で守ってやりたくなる。

防犯セミナーでのこよりは終始うつむきがちで、びくびくしていて、物陰にでもするりと消えそうな陰鬱さだった。こんなふうに楚々として、楸の視線を攫うような外見ではなかった。

「まあ。振袖がよくお似合いで……！　こんなに若くて可愛いお嬢さんとお見合いをさせていただけるなんて、光栄を通り越して申し訳ないくらいですわ。ね、楸」

「……あ、ああ」

　母の言葉に、確かに和装だ、とぼんやり思う。

　会話に集中しようとしたが、難しかった。意識が、全部こよりに持って行かれてしまう。

「じゃ、そろそろ若いおふたりでお散歩でもどうかしら？」

　我に返ったのは、仲人のアケミにそう促されたとき。ふたりきりになって何を話したら良《い》いのかと、途方に暮れた。

　なにしろ楸の『初めまして』に、こよりもまた『初めまして』と答えたている。

（もしかしたら、彼女は俺が七年前の警官だと気づいていないのかもしれない。だとしたら、過去を彷彿《ほうふつ》させるような話はしないほうがいい。気まずい思いをさせたくない）

　でなければ、聞きたいことは沢山あったのだ。

　合格守はいつも持ち歩いているのか。セミナーの日に震えていたのは、ひったくりのトラウマからか。だとしたら、気づかず連絡を絶ってしまって申し訳なかった。今からでも、手を差し伸べさせてくれないか。側にいさせてもらえないか——きみさえよかったら。

　つまり楸の気持ちは見合い前からすでにこよりに傾きつつあったのだが、楸は気づかない。

（だいいち、好きな相手がいると言っていた）

仲人に宣言するくらいだから、脈がないわけではないのだろう。すでに、恋人関係にあるのかもしれない。支えになってくれる男がいる。すると、もはや、楸の出る幕ではない。このまま初対面の体で身を引くのが、こよりのためだ。

いや、身を引く……？　何故、そんなふうに思うのか。よくわからない。

二、三、会話をしたあと、池のほとりを歩きつつ楸は背後を密かに見る。

こよりはそよぐ風に目を細め、庭園の池に視線をやっていた。後れ毛を気にする指先に、たまらずどきりとする。

──どんな人間なんだ、彼女に想われている男というのは。

勤め先の男だろうか。こよりがトラウマを抱えていると知っているのだろうか。いざというとき、本当にこよりを守れるのか。こよりの価値をきちんと理解しているのか──。

（いや、気にしてどうする。なんだ、なんなんだ。今日の俺はまったく、どうかしている）

そうしてしばらく行ってから、楸ははっとした。まずい。沈黙して退屈させたかもしれない。

慌てて振り返ろうとすると、こよりのほうから「あの」と話しかけられる。

見計らったような気遣わしげな声は、七年前と変わらない。

思えば、こよりはずっとこうだった。こよりと会話をするとき、楸は毎回、寡黙な自分を忘れられた。そのように、気遣われていたのだ。

知らぬ顔で別れて、これっきり。本当にそれでいいのか？

人生を二度も変えてくれた彼女を、別の男にみすみす譲って後悔しないのか？

「ひったくり犯を捕まえてくれたとき、ヒーローだと思いました。それも、誰より完璧なヒーロー。防犯なんてそれこそ、綾坂さんがおっしゃるから説得力があると言うか……」

極め付きは、その言葉を聞いたときだ。ふたりといるものか。己のありように悩んだとき、楸を正しいものにしてくれる人が……こより以外にいるものか。

そうだ、これは恋だ。狡《ずる》いのはわかっている。だが。

「きみさえよかったら、次も会いたい」

ほかにも何か話した気がするが、ほとんど覚えていない。ひたすら強く、この女性だ、と確信したことだけは、一生忘れまいと楸は心に決めている。

ジュエル文庫をお買い上げいただき、ありがとうございます!
ご意見・ご感想をお待ちしております。

ファンレターの宛先
〒102-8177　東京都千代田区富士見2-13-3
株式会社KADOKAWA　ジュエル文庫編集部
「斉河　燈先生」「DUO BRAND. 先生」係

ジュエル文庫
http://jewelbooks.jp/

旦《だん》那《な》様《さま》はコワモテ警察官《けいさつかん》

綾坂警視正《あやさかけいしせい》が奥《おく》さまの前《まえ》でだけ可愛《かわい》くなる件《けん》

2022年 9 月 1 日　初版発行

著者　斉河　燈

イラスト　DUO BRAND.

発行者 ―――― 青柳昌行
発行 ―――― 株式会社 KADOKAWA
〒102-8177 東京都千代田区富士見2-13-3
0570-002-301（ナビダイヤル）

装丁者 ―――― Office Spine
印刷 ―――― 株式会社暁印刷
製本 ―――― 株式会社暁印刷

●お問い合わせ
https://www.kadokawa.co.jp/（「お問い合わせ」へお進みください）
※内容によっては、お答えできない場合があります。
※サポートは日本国内のみとさせていただきます。
※ Japanese text only

※定価はカバーに表示してあります。

Printed in Japan
ISBN 978-4-04-914485-7 C0193

◇◇◇

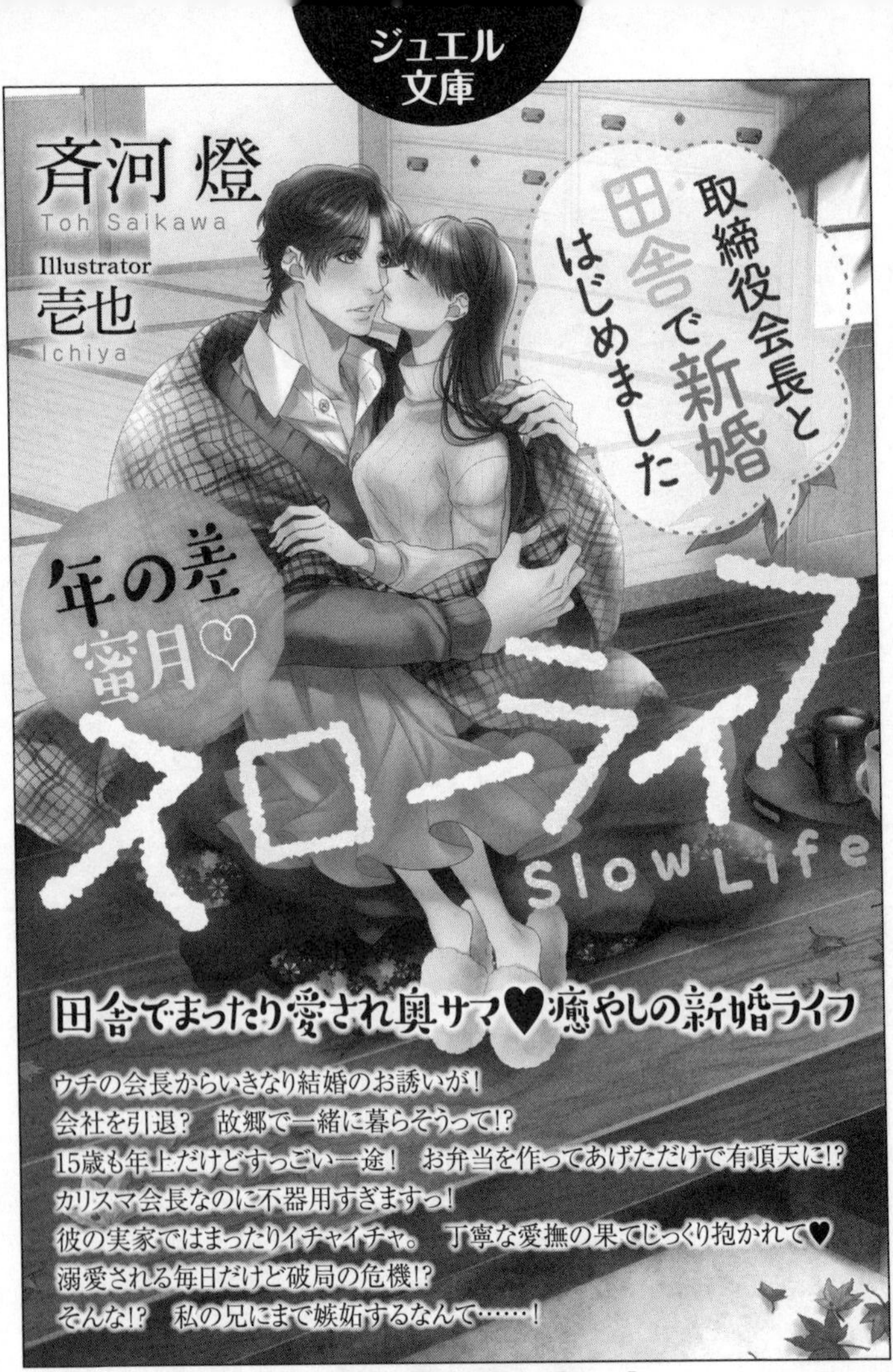
ジュエル文庫
斉河燈
Toh Saikawa
Illustrator
壱也
Ichiya
取締役会長と田舎で新婚はじめました
年の差蜜月♡
スローライフ
Slow Life
田舎でまったり愛され奥サマ♥癒やしの新婚ライフ
ウチの会長からいきなり結婚のお誘いが！
会社を引退？　故郷で一緒に暮らそうって!?
15歳も年上だけどすっごい一途！　お弁当を作ってあげただけで有頂天に!?
カリスマ会長なのに不器用すぎますっ！
彼の実家ではまったりイチャイチャ。　丁寧な愛撫の果てでじっくり抱かれて♥
溺愛される毎日だけど破局の危機!?
そんな!?　私の兄にまで嫉妬するなんて……！

大好評発売中

悪女
あくじょ
後宮物語
こうきゅうものがたり
丸木文華
Bunge Maruki
Illustrator 成瀬山吹
ジュエル文庫
大好評発売中

ジュエル文庫
身長差30cm!
絶倫獣の恋は激しすぎます♥
純情仮面
Junjou Kamen
青井千寿
Illustrator OUO BRAND.
純情一途で、ときどき凶暴な絶倫獣と濃厚♥ラブ
私に告白してきた巨漢は人気プロレスラー!!
女性が苦手で、不器用で、恥ずかしがり屋さん。
……のハズが両思いになったら豹変!!!
逞しすぎる身体で最奥まで貫かれて……!「優しくする」って言ってたのに!
バカ、嘘つき、巨根――でも好き。
ばかっぷるな日々だけど私の幼馴染みが横恋慕!?
浮気を誤解されて、彼の嫉妬心が暴走!カラダを激しく喰らってくるケダモノに!!!

大好評発売中

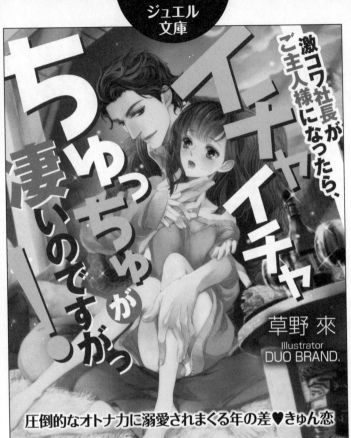